老殘遊記

The Travels of Lao Can

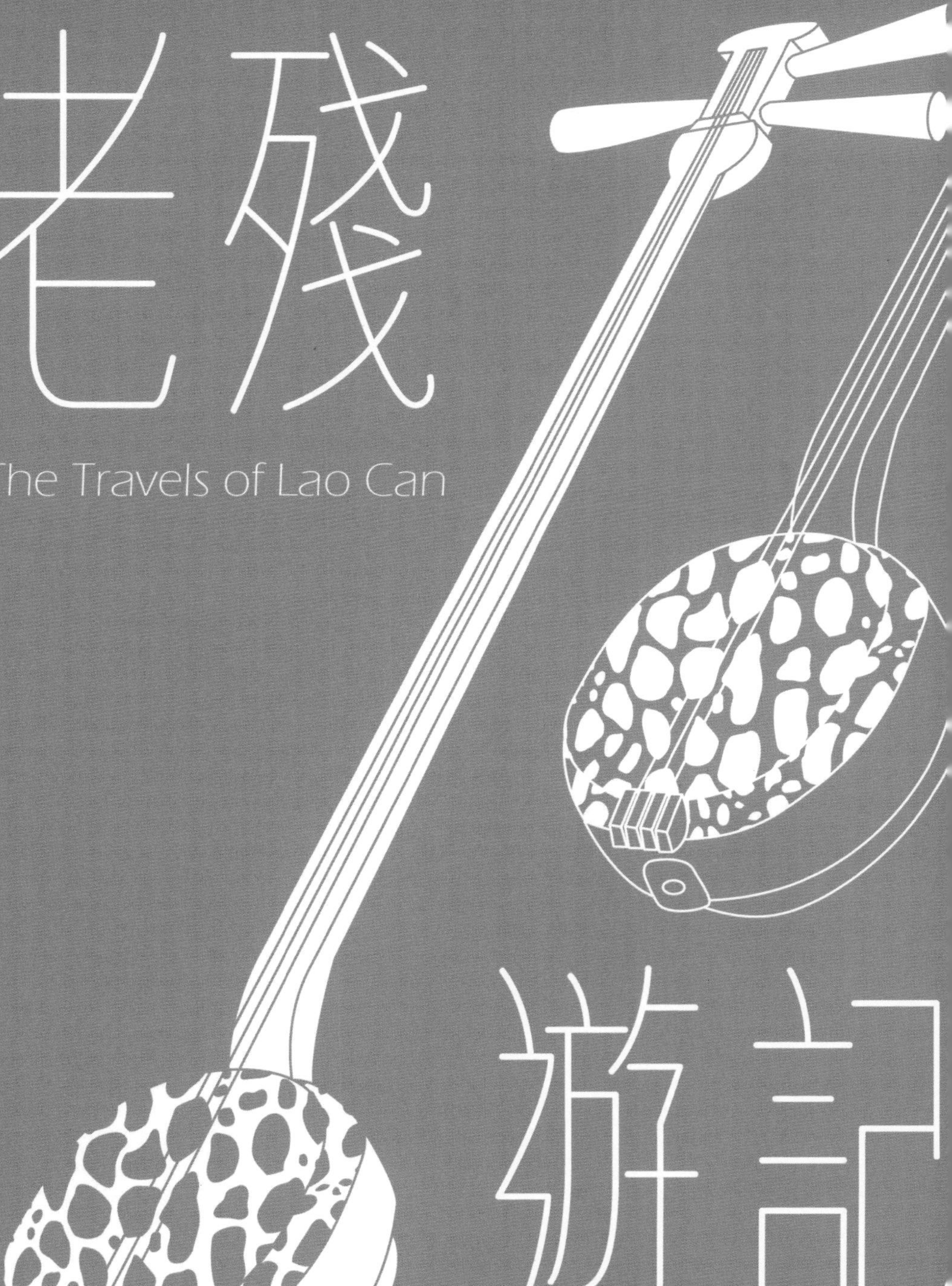

劉鶚——著　曾珮琦——編註

導讀

《老殘遊記》——影響甚廣的晚清小說

曾珮琦

相信《老殘遊記》這部小說，很多人都不會感到陌生，尤其是〈明湖居聽書〉一段，裡面描寫的王小玉聽書更是傳神。在我就讀高中時，大約是西元一九九七至一九九九年間，直至現在，高中課本都有收錄這篇文章。令我印象最深刻的是：「王小玉便啓朱脣，發皓齒，唱了幾句書兒。聲音初不甚大，只覺入耳有說不出來的妙境。五臟六腑裡，像熨斗熨過，無一處不伏貼。三萬六千個毛孔，像吃了人參菓，無一個毛孔不暢快。」〈第二回〉這段文字描寫王小玉唱功了得，不直接說她唱得如何，因為聲音本來就是抽象的，很難用具體的文字來準確的表達，加上每個人的感受又略有不同，作者透過誇飾的手法來形容王小玉說書，令聽眾全身上下從裡到外無一處不舒暢。由此可見作者的敘事功力十分了得，讀這本《老殘遊記》更令人有種想要知道後續發展的慾望，不知不覺就一回接一回，一章接一章的讀了下去，直至結尾，又覺得篇幅太過短小，總希望作者能多寫一些。這就不難了解為何在不受關注的晚清小說中，《老殘遊記》能影響深遠，並且被翻譯為多國語言，諸如：英文、日文、俄文等，在國際間也深受社會大眾稱讚，可見《老殘遊記》是一本膾炙人口的小說，即使到了今天，也不可忽略《老殘遊記》的價值，是一本不可不讀的小說。

寫實小說：反映社會現實、揭露時弊

本書名為《老殘遊記》，實則是藉由遊記之名反映當時的社會現實，特別是揭露酷吏對於老百姓的荼毒。酷吏又分為貪官與清官兩種，貪官就是收受賄賂，想盡辦法斂財的官員；清官不收賄賂，這種官員自以為清廉就能為所欲為，審判案件不求查明真相，為了破案不惜屈打成招。作者認為清官對於老百姓的荼毒遠甚於貪官，貪官對百姓的迫害人人皆知，然而清官對於百姓的迫害卻很少人提到，所以作者特別對這種官員加以著墨。書中提到的曹州知府玉賢、剛弼皆是這類清官，剛弼在審賈家十三口離奇中毒命案時，就因賈家人告發，說此命案是賈家的媳婦賈魏氏與人通姦，用毒藥謀害一家十三口性命，加上賈魏氏的娘家拿錢託人到官府行賄，剛弼因此認定賈家命案定是賈魏氏所為，仗著自己不收賄賂，便向賈魏氏和她的父親施以酷刑，賈魏氏不忍父

✦左圖為1941年日文版《老殘遊記》；右圖為1952年英文版的《老殘遊記》。

親受此酷刑，所以才屈打成招。〈第十六回〉除了描寫酷吏迫害百姓的殘忍作風之外，對於治理黃河、宋明儒者的批評以及庚子拳亂、八國聯軍對於中國的侵略等描寫都是非常精采，可見作者是藉由這些事情來表達自己的思想與抒發胸襟懷抱。

劉鶚像。

作者劉鶚生平介紹

劉鶚，字鐵雲，生於西元一八五七年，卒於西元一九〇九年，筆名洪都百鍊生，清朝末年丹徒縣人。他對八股文深惡痛絕，無意參加科舉獲得功名。在西元一九〇〇年庚子事變時，他向聯軍購買倉粟，以平價販售給百姓，以解北京飢荒之危。西元一九〇八年，因他私自販售倉粟罪被清廷逮捕，後流放至新疆，病死於迪化。享年五十三歲。

作者劉鶚經歷了光緒二十六年庚子義和團事變（西元一九〇〇年），八國聯軍攻入北京等事件，使得他覺得應該透過小說的寫作喚醒中國人，讓大家知道現在面臨的困局。在〈第一回〉作者自評中提到：「舉世皆病，又舉世皆睡。眞正無下手處，搖串鈴先醒其睡。」「串鈴」在《老殘遊記》中具有「喚醒」的意義，在本書中可分為三個層次來作解析：第一，「串鈴」是書中主人翁老殘（補殘）搖鈴行醫的謀生工具。第二，老殘就是扮演著「喚醒」的角色，作者欲藉老殘喚醒當時中國人的危機意識。老殘透過遊歷行醫揭露酷吏殘害百姓的罪行，喚醒百姓認清像是玉賢這種打著清官的名號，實際上卻荼毒老百姓官吏的嘴臉。第三，藉由《老殘遊記》這本書喚醒中國同胞，國家正面臨著被外國強敵侵略的威脅，要大家正視問題癥結所在，並且予以解決，才能挽救國家危機。因此，我們可以說在《老殘遊記》中，「串鈴」象徵著「喚醒」，它不僅喚醒老百姓看清酷吏的嘴臉，更要喚醒沉睡中的中國人，看清自己國家正在面臨的問題與危機。

現在再來談談，作者劉鶚筆下老殘這個角色的性格，他是在封建的官僚體制中的一股清流，人人都想要作官，不惜花錢捐個官位，而

老殘卻對官位權利不屑一顧。張宮保一直力邀他出任自己的幕僚，並且對他極為禮遇，老殘卻一直堅持不肯出仕，不肯同流合汙。不僅如此，文案委員申東造送了一件白狐裘給老殘，硬是被他退還給申東造。退還的理由是：他是個在大街上搖串鈴行醫的江湖郎中，穿件白狐裘太過貴重，不符合他市井小民的身份。由此可見，老殘並非是個愛慕虛榮、貪圖富貴的人，不符合他身分的東西，他是不會接受的，和那些當官的老爺們，喜歡搞些排場的做派是截然不同。老殘所扮演的就是在封建迂腐的官僚體系中的一股清流，他雖然與官員打交道卻不屑同流合汙，如屈原所說：「舉世皆濁我獨清，眾人皆醉我獨醒。」（《楚辭．漁父》）。

作者藉由老殘這個角色表達其思想，以及他的處世態度，書中關於治病救人、治理黃河都很有自己獨到的見解，歸因於作者劉鶚精通數學、醫學、水利，他曾行醫經商，修築鐵路，並辦治黃河有功，他更在書中表現出憂國憂民、為百姓發聲的態度。

《老殘遊記》的編制與版本介紹

本書是劉鶚晚年所寫，在西元一九〇六年完稿。起初在商務印書館刊行的《繡像小說》半月刊中連載到第十回因故中止；後又在《天津日日新聞》以專欄形式刊登，在原有的十回又續寫了十回，這就是《老殘遊記》初編二十回的由來。光緒三十一年時，又在《天津日日新聞》發表了《老殘遊記》二編共九回。《老殘遊記》的殘稿是在劉鶚過世二十年後，在他天津的住所發現的，即是《老殘遊記》外編。除此之外，劉鶚也為第一回至第十七回寫了十五則的評點，好讀出版的《老殘遊記》亦將這十五則評點收錄在每一回的後面，為了讓讀者在閱讀時方便參照，遂附上註解，其餘有收錄評點的版本，並未附上註釋，此亦為本版本的特色之一。除了劉鶚的自評之外，筆者也收錄了胡適之先生對《老殘遊記》的評語，這篇文章是收錄於陸衣言先生編校的《老殘遊記》，上海文明書局出版的版本中。陸先生所編校的《老殘遊記》主要是收錄第一回後半，第二回、第三回以及第十二回部分內容，有別於今之所見的《老殘遊記》初編、

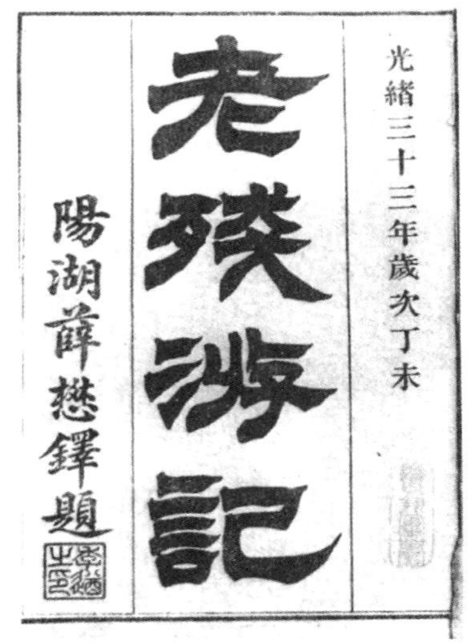

光緒三十三年（1907）上海神州日報館排印本的《老殘遊記》。

二編與外編的內容，因此胡適之先生的評語也僅對於《老殘遊記》第二回、第三回以及第十二回的內容加以點評，雖然如此，對於想要研讀《老殘遊記》的讀者，仍提供了寶貴的參考資料。有關《老殘遊記》的敘事功力與寫作技巧，胡適之先生在其評語中，有極其詳細的論述，筆者在此就不再贅述。

好讀出版的《老殘遊記》，筆者所採用的版本主要有兩個：一是，世一文化出版的《老殘遊記》（台南：世一文化事業股份有限公司，二〇二〇年十一月二版），採用這個版本的理由是，該書是根據《天津日日新聞》刊載的版本為依據，並參校《繡像小說》，輔以其他版本為依據，其所參照的版本為最早，大體上來說是比較貼近《老殘遊記》原貌的，具有參考價值；另一個則是田素蘭校注《老殘遊記》（台北：三民書局，二〇二〇年十月三版一刷），該版本採用胡適之先生作序的《老殘遊記》版本，這個版本最為完善，亦具有參考價值。

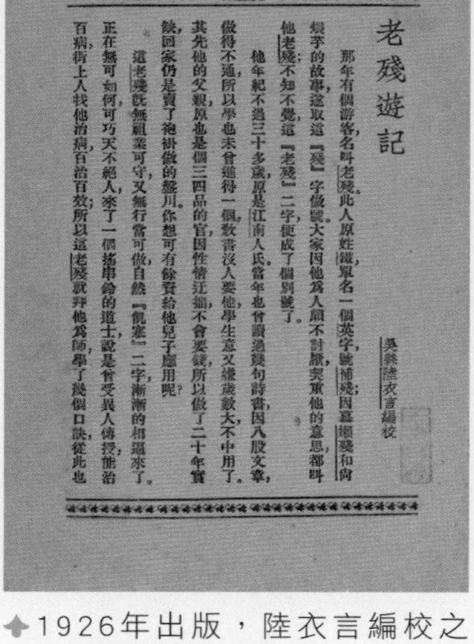
老殘遊記 一

老殘遊記

吳縣陸衣言編校

那年有個游客，名叫老殘。此人原姓鐵，單名一個英字，號補殘；因慕懶殘和尚煨芋的故事，遂取這『殘』字做號。大家因他為人頗不討厭，契重他的意思，都叫他老殘；不知不覺，這『老殘』二字便成了個別號了。

他年紀不過三十多歲，原是江南人氏。當年也曾讀過幾句詩書，因八股文章做得不通，所以學也未曾進得一個，教書沒人要他，學生意又嫌歲數大，不中用了。其先他的父親，原也是個三四品的官，因性情迂拙，不會要錢，所以做了二十年實缺，回家仍是賣了袍褂做的盤川。你想可有餘資給他兒子應用呢？

這老殘既無祖業可守，又無行當可做，自然『飢寒』二字漸漸的相逼來了。正在無可如何，可巧天不絕人，來了一個搖串鈴的道士，說是曾受異人傳授，能治百病，街上人找他治病，百治百效；所以這老殘就拜他為師，學了幾個口訣，從此也

1926年出版，陸衣言編校之《老殘遊記》內頁。

由於《老殘遊記》的版本眾多，文字上難免有不統一的情形，筆者在此略作說明：第一，有關人名部份，《老殘遊記》中所提到的張勤果，即張曜。有版本作「莊勤果」、「莊宮保」，皆是指此人，為了統一起見，為免諸君疑惑，內文皆改為「張宮保」，惟作者評點部分，為了保留原貌，故仍保留「莊勤果」、「莊宮保」，特此說明。第二，有關異體字、通同字的問題。各版本多有異體字、通同字或詞，例如「纔」，今通用「才」；「却」，今通用「卻」。「這們」今通用「這麼」。「分付」今通用「吩咐」。由於這些字在書中頻繁出現，除了比較特殊的異體字予以保留外，其餘皆直接改為今通用字。第三，參照善本書版本。第一回前半，第二回全部，第十二回部分是根據陸衣言編校《老殘遊記》（上海：上海文明書局，一九二六年八月出版），保留書中所用的異體字部份。

評語

附胡適之先生的評語

《老殘遊記》最擅長的是描寫的技能；無論寫人寫景，作者都不肯用套語爛調，總想鎔鑄新詞，作實地的描畫。在這一點上，這部書可算是前無古人了。

如寫王小玉唱書的音韻，是很大膽的嘗試。音樂只能聽，不容易用文字寫出，所以不能不用許多具體的物事來作譬喻※1。劉鶚先生在這一段裡，連用七八種不同的譬喻，用新鮮的文字，明瞭的印象，使讀者從這些逼人的印象裡感覺那無形象的音樂的妙處。這一次的嘗試，總算是很有成功的了。

又如寫黃河上打冰的景致，全是白描。這種白描※2工夫，眞不容易學。只有精細的觀察，能供給這種描寫的底子；只有樸素新鮮的活文字，能供給這種描寫的工具。

編者※3附誌

讀者看了適之先生的三段評語，可以知道《老殘遊記》的文學價值了。

註

※1譬喻：利用兩件事物的相似點，用甲來說明乙，通常是以容易瞭解的東西來說明難以了解的事物或道理，以具體說明抽象。

※2白描：不加雕飾，不用典故，使用精簡老練的語言進行描述的文學創作手法。

※3編者：本篇評語收錄於陸衣言編校《老殘遊記》（上海文明書局，民國十五年八月出版）中，編者指的是負責編校本書的陸衣言先生。這個版本只有收錄現今通行本中的第一回部分、第二回、第三回以及第十二回部分。

如何閱讀本書

詳細註釋：
解釋艱難字詞，隨文直書於左側，並於文中以※記號標號，以供對照。

閱讀性高的原典：
將一百回原典分為五大分冊，版面美觀流暢、閱讀性強。

列出各回回目便於索引翻閱

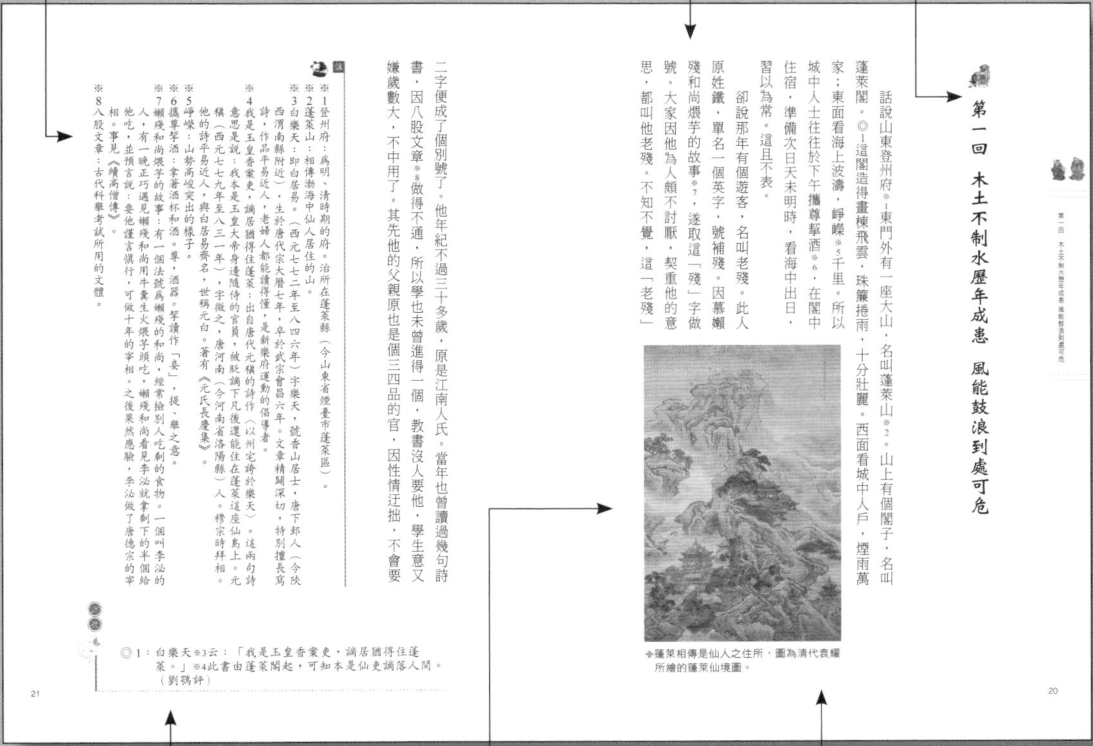

第一回　木土不制水歷年成患　風能鼓浪到處可危

話說山東登州府※1東門外有一座大山，名叫蓬萊山※2。山上有個閣子，名叫蓬萊閣。◎1這閣造得畫棟飛雲，珠簾捲雨，十分壯麗。西面看城中人戶，煙雨萬家；東面看海上波濤，崢嶸※5千里。所以城中人士往往於下午攜尊挈酒※6，在閣中住宿，準備次日天未明時，看海中出日，習以為常。這且不表。

卻說那年有個遊客，名叫老殘。此人原姓鐵，單名一個英字，號補殘。因慕懶殘和尚煨芋的故事※7，遂取這「殘」字做號。大家因他為人頗不討厭，契重他的意思，都叫他老殘。不知不覺，這「老殘」二字便成了個別號了。他年紀不過三十多歲，原是江南人氏。當年也曾讀過幾句詩書，因八股文章※8做得不通，所以學也未曾進得一個，教書沒人要他，學生意又嫌歲數大，不中用了。其先他的父親原也是個三四品的官，因性情迂拙，不會要

◈蓬萊相傳是仙人之住所，圖為清代袁耀所繪的蓬萊仙境圖。

注

※1登州府：爲明、清時期的府。治所在蓬萊縣（今山東省煙臺市蓬萊區）。
※2蓬萊山：相傳渤海中仙人居住的山。
※3白樂天：即白居易。（西元七七二年至八四六年）字樂天，號香山居士，唐下邽人（今陝西渭南縣附近），生於唐代宗大曆七年，卒於武宗會昌六年。文章精闢深切，特別擅長寫詩，作品平易近人，老婦人都能讀得懂，是新樂府運動的倡導者。
※4我是玉皇香案吏，謫居猶得住蓬萊：出自唐代元稹的詩作〈以州宅誇於樂天〉。這兩句詩意思是說：我本是玉皇大帝身邊隨侍的官員，被貶謫下凡後還能住在蓬萊這座仙島上。元稹（西元七七九年至八三一年），字微之，唐河南（今河南省洛陽縣）人。穆宗時拜相。他的詩平易近人，與白居易齊名，世稱元白。著有《元氏長慶集》。
※5崢嶸：山勢高峻突出的樣子。
※6攜尊挈酒：拿著酒杯和酒。尊，酒器。挈讀作「妾」，提、舉之意。
※7懶殘和尚煨芋的故事：有一個法號爲懶殘的和尚，經常撿別人吃剩的食物。一個叫李泌的人，有一晚正巧遇見懶殘和尚用牛糞生火煨芋頭吃，懶殘和尚看見李泌就拿剩下的半個給他吃，並預言說：要他謹言慎行，可做十年的宰相。之後果然應驗，李泌做了唐德宗的宰相。事見《續高僧傳》。
※8八股文章：古代科舉考試所用的文體。

◎1：白樂天※3云：「我是玉皇香案吏，謫居猶得住蓬萊。」※4此書由蓬萊閣起，可知本是仙吏謫落人間。（劉鶚評）

20　21

名家評點：
選收不同名家之評點，隨文橫書於頁面的下方欄位，並於文中以◎記號標號，以供對照。

彩圖：
古籍版畫、名人墨寶、相關照片等精緻彩圖，使讀者融入小說情境。

圖說：
說明性和評點性的圖說，提供讀者理解。

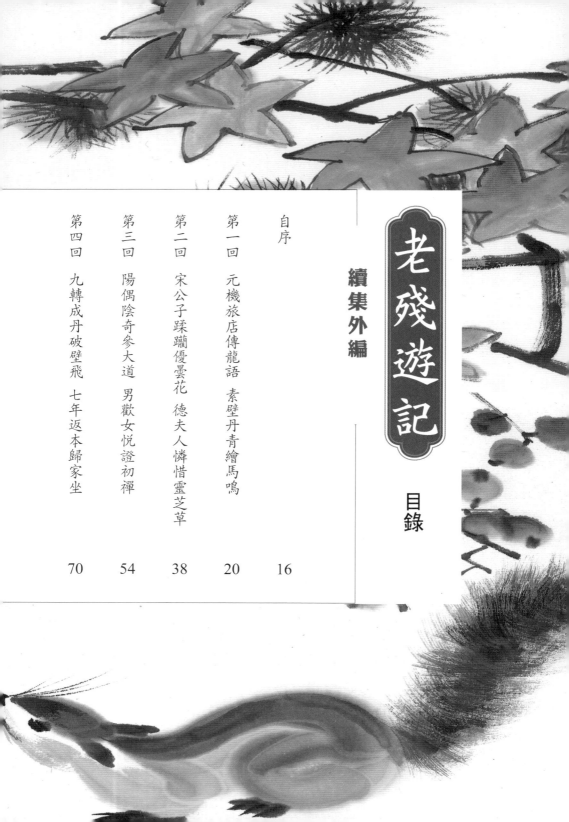

老殘遊記

目錄

續集外編

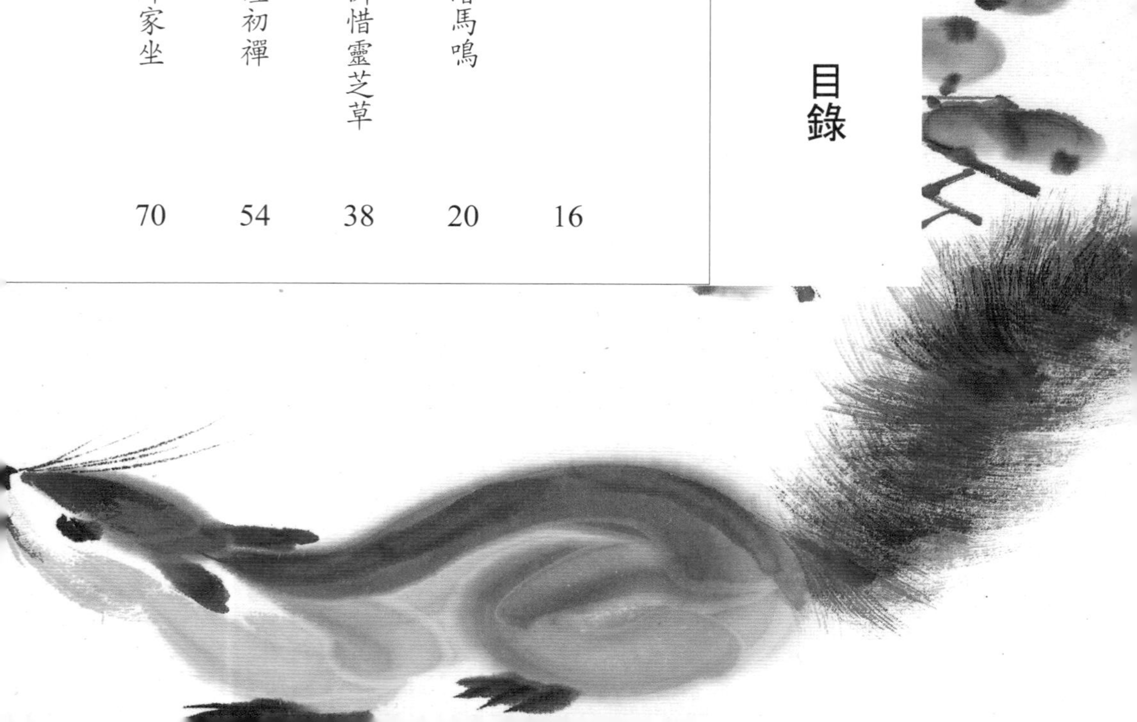

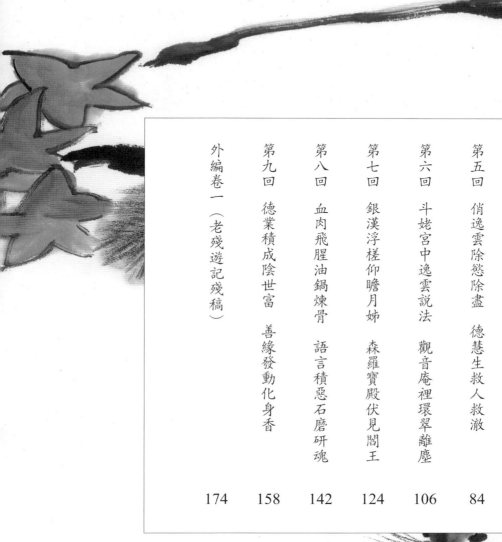

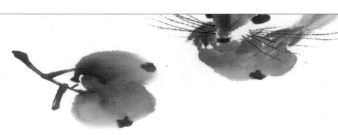

自序

人生如夢耳。人生果如夢乎？抑或蒙叟※1之寓言乎，吾不能知。趨而質諸蜉蝣子※2，蜉蝣子不能決。趨而質諸靈椿子※3，靈椿子亦不能決。還而叩之昭明，昭明曰：「昨日之我如是，今日之我復如是。觀我之室，一榻、一几、一席、一燈、一硯、一筆，一紙。昨日之榻、几、席、燈、硯、筆、紙若是，今日之榻、几、席、燈、硯、筆、紙仍若是。固明明有我，並有此一榻，一几，一席，一燈，一硯，一筆，一紙也。非若夢為鳥而厲乎天，覺則鳥與天俱失也。非若夢為魚而沒於淵，覺則

莊周夢蝶畫，明代畫家路治繪。

魚與淵俱失也。※4更何所謂厲與沒哉？顧我之為我，實有其物，非若夢之為夢，實無其事也。然則人生如夢，固蒙叟之寓言也夫！」

吾不敢決，又以質諸杳冥※5。杳冥曰：「子昨日何為者？」對曰：「晨起灑掃，午餐而夕寐，彈琴讀書，晤對良朋，如是而已。」杳冥曰：「前月此日，子何為者？」吾略舉以對。又問去年此月此日，子何為者？強憶其略，遺忘過半矣。十年前之此月此日，子何為者，則茫茫然矣。推之二十年前，三十年前，四五十

註

※1蒙叟：莊子的別名。戰國時宋國蒙人，生卒年不詳。曾爲蒙漆園吏，故也稱爲「蒙吏」、「蒙莊」、「蒙叟」。

※2蜉蝣子：虛構的人物。蜉蝣，一種昆蟲，生命短暫。身長約六、七公分，頭似蜻蛉而略小。夏秋之交，多近水而飛，往往數小時即死。

※3靈椿子：虛構的人物。靈椿，相傳古代有大椿樹，樹齡很長。

※4夢爲鳥而厲乎天，覺則鳥與天俱失也。非若夢爲魚而沒於淵，覺則魚與淵俱失也：出自《莊子．大宗師》：「且汝夢爲鳥而厲乎天，夢爲魚而沒於淵，不識今之言者，其覺者乎，夢者乎？」這句話的大意是說：夢見變成鳥就飛上天空，夢見變成魚就沉入深淵。醒來後發現無論是魚還是鳥都是虛幻的。劉鶚這段話是由莊子這段話衍伸而來，其義大致上相同。根據王邦雄教授的解讀，「厲」當解爲「至」的意思。所以「鳥而厲乎天」，當解作鳥飛上至高的天空之中。

※5杳冥：原指深遠幽暗的樣子，此爲虛構的人物。

年前，此月此日，子何為者，緘口結舌無以應也。杳冥曰：「前此五十年之子，固已隨風馳雲捲、雷奔電激以去，可知後此五十年間之子，亦必應隨風馳雲捲、雷奔電激以去。然則與前日之夢，昨日之夢，其人、其物、其事之同歸於無者，又何以別乎？前此五十年間日月，既已渺不知其何之，今日之子，固儼然其猶存也。以儼然猶存之子，尚不能保前五十年間之日月，使之暫留；則後五十年後之子，必且與物俱化※6，更不能保其日月之暫留，斷斷然矣。謂之如夢，蒙叟豈欺我哉？」

夫夢之情境，雖已為幻為虛，不可復得，而敘述夢中情境之我，固儼然其猶在也。若百年後之我，且不知其歸於何所，雖有此如夢之百年之情境，更無敘述此情境之我而敘述之矣。是以人生百年，比之於夢，猶覺百年更虛於夢也！嗚呼！以此更虛於夢之百年，而必欲孜孜※7然，斤斤※8然，駸駸※9然，狺狺※10然，何為也哉？雖然前此五十年間之日月，固無法使之暫留，而其五十年間，可驚、可喜、可

1943年出版的《老殘遊記續集遺稿》內封面。

歌、可泣之事業，固歷劫而不可以忘者也。夫此如夢五十年間可驚、可喜、可歌、可泣之事，既不能忘，而此五十年間之夢，亦未嘗不有可驚、可喜、可歌、可泣之事，亦同此而不忘也。同此而不忘，世間於是乎有《老殘遊記二編》。

鴻都百煉生自序

註

※6與物俱化：即「物化」。出自《莊子・齊物論》：「不知周之夢爲胡蝶與？胡蝶之夢爲周與？周與胡蝶，則必有分矣，此之謂物化。」莊周作了一個夢，夢見自己變成蝴蝶，醒來之後，他分辨不清是莊周變成蝴蝶？還是蝴蝶變成莊周？莊周與蝴蝶之間，一定有個分別，這就是物化。所謂的「物化」，即是打破物與我之間的分隔界線，人以感官知覺認識世界，對世間萬物有了認知之後，使用語言文字將他們表達出來，此時萬物與人便有了分別。我們當知花是花，樹是樹，斷然不會混淆，但也正是因爲如此，我們的心知對此有了執定，以爲花就應該是花的樣子；樹就應該是樹的樣子，如果有人混淆了兩者，那我們就會說那個人說錯了。然而莊子所要打破的就是人對於世間萬物的心知執定，如此花不再只是花，樹也不再只是樹，它們才能回到原始的本來面貌，即是自己如此、自己而然之意。這就是莊子所言的「物化」的意思，劉鶚在此借用莊子的說法來闡述其意。

※7孜孜：不停、不歇。

※8斤斤：明察。

※9駸駸：讀作「親親」。比喻時間過得很快。

※10狺狺：讀作「吟吟」。狗叫的聲音。

第一回 元機旅店傳龍語 素壁丹青繪馬鳴

一幅西方旅人繪的中國山海關圖，繪於1900年。

話說老殘在齊河縣店中，遇著德慧生攜眷回揚州去，他便雇了長車，結伴一同起身。當日清早，過了黃河，眷口用小轎搭過去，車馬經從冰上扯過去。過了河不向東南往濟南府那條路走，一直向正南奔墊臺而行。到了午牌時分，已到墊臺。打過了尖，晚間遂到泰安府南門外下了店。因德慧生的夫人要上泰山※1燒香，說明停車一日，故晚間各事自覺格外消停了。

卻說德慧生名修福，原是個漢軍旗人，祖上姓樂，就是那燕國大將樂毅※2的後人。在明朝萬曆末年，看著朝政日衰，知道難期振作，就搬到山海關外錦州府去住家。崇幀年間，隨從太祖入關，大有功勞，就賞了他個漢軍旗籍。從此一代一代的便把原姓收到荷包裡去，單拿那名字上的第一字做了姓了。這德慧生的父親，因做揚州府知府，在任上病故的，所以家眷就在揚州買了花園，蓋一所中等房屋住了家。德慧生二十多歲上中進士，點了翰林院庶吉士※3，因書法不甚精，朝考散館※4散了一個吏部主事※5，在京供職。當日在揚州與老殘會過幾面，彼此甚為投契，今日無意碰著，同住在一個店裡，你想他們這朋友之樂，儘有不言而喻了。

老殘問德慧生道：「你昨日說明年東北恐有兵事，是從那裡看出來的？」慧生道：「我在一個朋友座中，見張東三省輿地圖，非常精細，連村莊地名俱有。至於山川險隘，尤為詳盡。圖末有『陸軍文庫』四字。你想日本人練陸軍，把東三省地

註

※1泰山：山名。起於山東省膠州灣西南，橫亙省境中部，盡於運河東岸。主峰在泰安縣北，爲五嶽中的東嶽。

※2樂毅：戰國時燕國名將，曾率領燕、趙、楚、韓、魏五國兵討伐齊國，攻下齊國七十餘座城池，封昌國君。

※3庶吉士：翰林院中的短期職位。

※4散館：舊制翰林院庶吉士於登第入庶常館肄業，三年期滿，以考試分別授職。

※5吏部主事：爲六部司官之一。職掌以文書工作爲主，也分掌郎中、員外之職。

一張東三省的損壞城牆照片，約攝於1939年。（圖片來源：《亞東印畫輯》第11冊）

圖當作功課，其用心可想而知了！我把這話告知朝貴，誰想朝貴不但毫不驚慌，還要說：『日本一個小國，他能怎樣？』大敵當前，全無準備，取敗之道，不待智者而決矣。況聞有人善望氣者云：『東北殺氣甚重，恐非小小兵戈蠢動呢！』」老殘點頭會意。

慧生問道：「你昨日說的那青龍子，是個何等樣人？」老殘道：「聽說是周耳先生的學生。這周耳先生號柱史，原是個隱君子，住在西嶽華山裡頭人跡不到的地方。學生甚多。但是周耳先生不甚到人間來。凡學他的人，往往轉相傳授，其中誤會意旨的地方，不計其數。惟這青龍子等兄弟數人，是親炙※6周耳先生的，所以與眾不同。我曾經與黃龍子盤桓多日，故能得其梗概。」慧生道：「我也久聞他們的大名。據說決非尋常鍊氣士※7的蹊徑，學問都極淵博的。也不拘拘專言道教，於儒教、佛教，亦都精通。但有一事，我不甚懂，以他們這種高人，何以取名又同江湖術士一樣呢？」既有了青龍子、黃龍子，一定又有白龍子、黑龍子、赤龍子了。這等道號實屬討厭。」

老殘道：「你說得甚是，我也是這麼想。當初曾經問過黃龍子，他說道：『你說我名字俗，我也知道俗，但是我不知道為什麼要雅？雅有怎麼好處？盧杞※8、秦檜※9名字並不俗，張獻忠※10、李自成※11名字不但不俗，「獻忠」二字可稱純臣，

註

※6親炙：親承教誨。

※7鍊氣士：修鍊道術的人。

※8盧杞：生年不詳，卒於西元七八五年，字子良，滑州靈昌（今河南滑縣西南）人。唐德宗時的宰相、奸臣。

※9秦檜：生年不詳，卒於西元一一五五年。字會之，宋江寧人。是宋朝的奸臣。高宗時爲宰相，主張與金人和議，誣陷殺害岳飛，促成和議。卒諡忠獻，寧宗改諡繆醜。

※10張獻忠：明朝末年延安府（治今陝西膚施縣）人，生卒年不詳。崇禎年間占據武昌，攻陷成都，僭號稱大西國王，所過之處屠殺慘烈，後爲清軍所殺。

※11李自成：李自成（西元一六〇六至一六四五年），本名鴻基，陝西米脂人。明末流寇，自稱闖王。崇禎十七年於西安稱王，僭號大順，並率眾攻陷京師，莊烈帝殉國。後吳三桂領清兵入關，李敗逃自殺。

7

清《古今圖書集成》中的李自成畫像。

「自成」二字可配聖賢。然則可能因他名字好就算他是好人呢？老子《道德經》說：「世人皆有以，我獨愚且鄙。」※12鄙還不俗嗎？所以我輩大半愚鄙，不像你們名士，把個「俗」字當做毒藥，把個「雅」字當做珍寶。推到極處，不過想藉此討人家的尊敬。要知這個念頭，倒比我們的名字，實在俗得多呢。我們當日，原不是拿這個當名字用。因為我是己巳年生的青龍子是乙巳年生的，赤龍子是丁巳年生的，當年朋友隨便呼喚著頑※13兒，不知不覺日子久了，人家也這麼呼喚。難道好不答應人家麼？譬如你叫老殘，有這麼一個老年的殘廢人，有什麼可貴？又有什麼雅致處？只不過也是被人叫開了，隨便答應罷了。怕不是呼牛應牛，呼馬應馬的道理嗎？』」德慧生道：「這話也實在說得有理。佛經說人不可以著相，我們總算著了雅相，是要輸他一籌哩？」

慧生道：「人說他們有前知，你曾問過他沒有？」老殘道：「我也問過他的。他說叫做有也可，叫做沒有也可。你看儒教說『至誠之道，可以前知』※14，是不錯的。所以叫做有也可。若像起課[※15]先生，瑣屑小事，言之鑿鑿，應驗的原也不少，也是那只叫做術數小道，君子不屑言。邵堯夫[※16]人頗聰明，學問也極好，只是好說術數小道，所以就讓朱晦庵[※17]越過去的遠了。這叫做謂之沒有也可。」

註

※12世人皆有以，我獨愚且鄙：出自《道德經．二十章》：「眾人皆有餘，而我獨若遺。我愚人之心也哉！」這句話大意是說：世俗之人皆以有餘爲貴，只有我展現出來的姿態是好像遺忘失去一般。在世俗的人眼中看來，我就是個愚蠢的人。老子《道德經》的主旨是，打破人的有限性，回歸形而上的大道。因此，這裡說的若遺，只是展現出來的一種姿態，好像遺忘丟失的樣子。例如：世俗的人學東西，都認爲要學得越多越好；老子卻認爲，學得越多，就會使心執定於相對的價值標準，而無法跳脫出這框架之外，心從而變得僵化、不自然。所以老子要我們遺忘這些相對的價值標準，並非是要人遺忘所學的知識，也並非是否定學習的正面意義；而是要人捨棄對於相對價值標準的執定。「愚」也是一種姿態，在世俗人眼中看起來好像很愚蠢，實際上只不過是回歸大道的素樸無爲罷了。

※13頑：嬉戲。通「玩」。

※14至誠之道，可以前知：出自《中庸》。人的修養若能體現至誠之道的境界，就能夠預知事情的興亡禍福。

※15起課：一種占卜法，主要以擲銅板或掐指頭算干支的方式，來推斷吉凶。

※16邵堯夫：邵雍（西元一〇一一至一〇七七年），字堯夫，宋范陽（今河北省涿縣人）。精先天象數之學。寓洛四十年，稱所居爲「安樂窩」，卒謚康節。著有《先天圖》、《皇極經世》、《漁樵問答》、《伊川擊壤集》等。

※17朱晦庵：指朱熹（西元一一三〇至一二〇〇年），字元晦，後改字仲晦，晚號晦翁，又號晦菴、紫陽。其學以居敬窮理爲主，集宋代理學之大成。

德慧生道：「你與黃龍子相處多日，曾問天堂地獄究竟有沒有呢？還是佛經上造的謠言呢？」老殘道：「我問過的。此事說來真正可笑了。那日我問他的時候，他說：『我先問你，有人說你有個眼睛可以辨五色，耳朵可以辨五聲，鼻能審氣息，舌能別滋味，又有前後二陰，前陰可以撤溺，後陰可以放糞。此話確不確呢？』我說：『這是三歲小孩子都知道的，何用問呢？』他說：『然則你何以教瞎子能辨五色？你何以能教聾子能辨五聲呢？』我說：『那可沒有法子。』他就說：『天堂地獄的道理，同此一樣。天堂如耳目之效靈，地獄如二陰之出穢，皆是天生成自然之理，萬無一毫疑惑的。只是人心為物欲所蔽，失其靈明，如聾盲之不辨聲色，非其本性使然。若有虛心靜氣的人，自然也會看見的。只是你目下要我給個憑據與你，讓你相信，譬如拿了一幅吳道子※18的

一幅十九世紀的緬甸寺廟繪畫，描繪下油鍋地獄情景。

畫給瞎子看，要他深信真是吳道子畫的，雖聖人也沒這個本領。你若要想看見，只要虛心靜氣，日子久了，自然有看見的一天。』我又問：『怎樣便可以看見？』他說：『我已對你講過，只要虛心靜氣，總有看見的一天。你此刻著急，有什麼法子呢？慢慢的等著罷。』」

吳道子畫作《觀音童子像》。

德慧生笑道：「等你看見的時候，務必告訴我知道。」老殘也笑道：「恐怕未必有這一天。」兩人談得高興，不知不覺，已是三更時分。同說道：「明日還要起早，我們睡罷。」德慧生同夫人住的西上房，老殘住的是東上房，與齊河縣一樣的格式，各自回房安息。

次日黎明，女眷先起梳頭洗臉。雇了五肩山轎。泰安的轎子像個圈椅一樣，

註

※18吳道子：名道玄，以字行，生卒年不詳。唐代名畫家，善繪佛道人物、神鬼禽獸、山水臺榭、樹木草石等，筆法超妙，有「畫聖」之稱。

就是沒有四條腿。底下一塊板子，用四根繩子吊著，當個腳踏子。短短的兩根轎杠，杠頭上拴一根挺厚挺寬的皮條，比那轎車上駕騾子的皮條稍為軟和些。轎夫前後兩名，後頭的一名先躦到皮條底下，將轎子抬起一頭來，人好坐上去。然後前頭的一個轎夫再躦進皮條去，這轎子就抬起來了。當時兩個女眷，一個老媽子，坐了三乘山轎前走，德慧生同老殘坐了兩乘山橋，後面跟著。進了城，先到嶽廟裡燒香。

廟裡正殿九間，相傳明朝蓋的時候，同北京皇宮是一樣的。德夫人帶著環翠正殿上燒過了香。走著看看正殿四面牆上畫的古畫。因為殿深了，所以殿裡的光，總不大十分夠，牆上的畫年代也很多，所以看不清楚。不過是些花里胡紹※19的人物便了。

小道士走過來，向德夫人：「請到西院裡用茶。還有塊溫涼玉，是這廟裡的

泰安的轎子照片，約攝於1927年。（圖片來源：《亞東印畫輯》第3冊）

鎮山之寶，請過去看看。」德夫人說：「好。只是耽擱時候大多了，恐怕趕不回來。」環翠道：「聽說上山四十五里地哩！來回九十里，現在天光又短，一霎就黑天，還是早點走罷！」老殘說：「依我看來，泰山是五嶽之一，既然來到此地，索興痛痛快快的逛一下子。今日上山，聽說南天門裡有個天街，兩邊都是香鋪，總可以住人的。」小道士說：「香鋪是有的，他們都預備乾淨被褥，上山的客人在那兒住的多著呢。老爺太太們今兒儘可以不下山，明天回來，消停得多，還可以到日觀峰去看出太陽。」德慧生道：「這也不錯。我們今日竟拿定主意，不下山罷。」德夫人道：「使也使得。只是香鋪子裡被褥，什麼人都蓋，骯髒得了不得，怎麼蓋呢？若不下山，除非取自己行李去，我們又沒有帶家人※20來，叫誰去取呢？」老殘道：「可以寫個紙條兒，叫道士著個人送到店裡，叫你的管家雇人送上山去，有何不可？」慧生道：「可以不必。橫豎我們都有皮斗篷在小轎上，到了夜裡披著皮斗篷，歪一歪就算了。誰還當真睡嗎？」德夫人道：「這也使得。只是我瞧鐵二叔

註

※19花里胡紹：形容顏色華美紛雜。

※20家人：僕役。

他們二位，都沒有皮斗篷，便怎麼好？」老殘笑道：「這可多慮了！我們走江湖的人，比不得你們做官的，我們那兒都可以混。不要說他山上有被褥，就是沒被褥，我們也混得過去。」慧生說：「好，好！我們就去看溫涼玉去罷。」

說著就隨了小道士走到西院，老道士迎接出來，深深施了一禮，各人回了一禮。走進堂屋，看見收拾得甚為乾淨。道士端出茶盒，無非是桂圓、栗子、玉帶糕之類。大家吃了茶，要看溫涼玉。道士引到裡間，一個半桌上放著，還有個錦幅子蓋著，道士將錦幅揭開，原來是一塊青玉，有三尺多長，六七寸寬，一寸多厚，上半截深青，下半截淡青。道士說：「儜※21用手摸摸看，上半多凍扎手，下半截一點不涼，彷彿有點溫溫的似的，上古傳下來是我們小廟裡鎮山之寶。」

德夫人同環翠都摸了，詫異的很。老殘笑道：「這個溫涼玉，我也會做。」大家都怪問道：「怎

泰山南天門照片，約攝於1930年。（圖片來源：《亞東印畫輯》第5冊）

麼？這是做出來假的嗎？」老殘道：「假卻不假，只是塊帶半璞的玉，上半截是玉，所以甚涼；下半截是璞，所以不涼。」德慧生連連點頭說：「不錯，不錯。」稍坐了一刻，給了道人的香錢，道士道了謝，又引到東院去看漢柏。有幾棵兩人合抱的大柏樹，狀貌甚是奇古，旁邊有塊小小石碣，上刻「漢柏」兩個大字，諸人看過走回正殿，前面二門裡邊山轎俱已在此伺候。

老殘忽抬頭，看見西廊有塊破石片嵌在壁上，心知必有一個古碣，問那道士說：「西廊下那塊破石片是什麼古碑？」道士回說：「就是秦碣，俗名喚做『泰山十字』。此地有拓片賣，老爺們要不要？」慧生道：「早已有過的了。」老殘笑道：「我還有廿九字呢！」道士說：「那可就寶貴的了不得了。」說著，各人上了轎，看看搭連※22裡的表已經十點過了。轎子抬著出了北門，斜插著向西北走；不到半里多路，道旁有大石碑一塊立著，刻了六個大字：「孔子登泰山處。」慧生指與老殘看，彼此相視而笑，此地已是泰山跟腳，從此便一步一步的向上行了。

註

※21 儜：用於尊稱他人。通「您」。

※22 搭連：一種中間開口，兩頭縫合的長形布囊。古人外出，多用以裝盛財物。袋囊大小不拘，可掛在肩上，繫在腰上，搭在馬上，或提在手上。

老殘在轎子上，看泰安城西南上有一座圓陀陀的山，山上有個大廟，四面樹木甚多，知道必是個有名的所在。便問轎夫道：「你瞧城西南那個有廟的山，你總知道叫什麼名字罷？」轎夫回道：「那叫蒿里山，山上是閻羅王廟。山下有金橋、銀橋、奈河橋，人死了都要走這裡過的，所以人活著的時候多燒幾回香，死後占大便宜呢！」老殘詼諧道：「多燒幾回香，譬如多請幾回客，閻王爺也是人做的，難道不講交情嗎？」轎夫道：「你老真明白，說的一點不錯。」

這時已到真山腳，路漸彎曲，兩邊都是山了。走有點把鐘的時候，到了一座廟宇，轎子在門口歇下。轎夫說：「此地是斗姥宮※23，裡邊全是姑子，太太們在這裡吃飯很便當的。但凡上等客官，上山都是在這廟裡吃飯。」德夫人說：「既是姑子廟，我們就在這裡歇歇罷。」又問轎夫：「前面沒有賣飯的店嗎？」轎夫說：「老爺太太們都是在這裡吃，前面有飯篷子，只賣大餅鹹菜，沒有別的，也沒地方坐，都是蹲著吃，那是俺們吃飯的地方。」慧生說：「也好，我們且進去再說。」

走進客堂，地方卻極乾淨。有兩個老姑子接出

英國冒險家艾蜜莉．喬治安娜．坎普畫的一幅登泰山步道畫，繪於1909年。

來，一個約五、六十歲，一個四十多歲。大家坐下談了幾句，老姑子問：「大太們還沒有用過飯罷？」德夫人說：「是的。一清早出來的，還沒吃飯呢。」老姑子說：「我們小廟裡粗飯是常預備的，但不知太太們上山燒香，是用葷菜是素菜？」德夫人道：「我們吃素吃葷，倒也不拘，只是他們爺們家恐怕素吃不來，還是吃葷罷。可別多備，吃不完可惜了的。」老姑子說：「荒山小廟，要多也備不出來。」又問：「太太們同老爺們是一桌吃兩桌吃呢？」德夫人道：「都是自家爺們，一桌吃罷，可得勞駕快點。」老姑子問：「儜今兒還下山嗎？恐來不及哩！」德夫人說：「雖不下山，恐趕不上山可不好。」老姑子道：「不要緊的，一霎就到山頂了。」

當這說話之時，那四十多歲的姑子，早已走開，此刻才回，向那老姑子耳邊咕咕了一陣，老姑子又向四十多歲姑子耳邊咕咕了幾句，老姑子回頭便向德夫人道：

清代南宋畫家金處士的閻羅王畫《十王圖軸》之一。

註

※23斗姥宮：供奉斗姥的廟宇。斗姥是道教的女性神祇，也是北斗眾星之母。

日本三位尼姑照片，約攝於1902年。

「請南院裡坐罷。」便叫四十多歲的姑子前邊引道，大家讓德夫人同環翠先行，德慧生隨後，老殘打末。出了客堂的後門，向南拐彎，過了一個小穿堂，便到了南院。這院子朝南，五間北屋甚大，朝北卻是六間小南屋，穿堂東邊三間，西邊兩間。

那姑子引著德夫人出了穿堂，下了臺階，望東走到三間北屋跟前，看那北屋中間是六扇窗格，安了一個風門，懸著大紅呢的夾板棉門簾。兩邊兩間，卻是磚砌的窗臺，臺上一塊大玻璃，掩著素絹書畫玻璃擋子，玻璃上面係兩扇紙窗，冰片梅的格子眼兒。當中三層臺階，那姑子搶上那臺階，把板簾揭起，讓德夫人及諸人進內。

走進堂門，見是個兩明一暗的房子，東邊兩間敞著，正中設了一個小圓桌，退光漆漆得灼亮，圍著圓桌六把海梅八行書小椅子，正中靠牆設了一個窄窄的佛櫃，佛櫃上正中供了一尊觀音像，走近佛櫃細看，原來是尊康熙五彩御窯魚籃觀音，十分精緻。觀音的面貌，又美麗，又莊嚴，約有一尺五六寸高。龕※24子前面放了一個宣德年製的香爐，光彩奪目，從金子裡透出殊砂斑來。龕子上面牆上掛了六幅小屏，是陳章侯畫的馬鳴※25、龍樹※26等六尊佛像。佛櫃兩頭放了許多大大小小的經卷。

再望東看，正東是一個月洞大玻璃窗，正中一塊玻璃，足足有四尺見方。四面也是冰片梅格子眼兒，糊著高麗白紙。月洞窗下放了一張古紅木小方桌，桌子左右兩張小椅子，椅子兩旁卻是一對多寶櫥，陳設各樣古玩。圓洞窗兩旁掛了一副對聯，寫的是：

註

※24龕：讀作「刊」。供奉神、佛像或祖先牌位的石室或櫥櫃。

※25馬鳴：爲一、二世紀的中印度詩人、佛教哲學家。主要著作有《佛所行讚》、《大乘莊嚴論經》。

※26龍樹：古印度佛教大師的法號。西藏人以他爲大乘六莊嚴之一，在漢地尊他爲八宗共祖。主要的著作有《中論》、《七十空性論》等。

靚妝豔比蓮花色；

雲幕香生貝葉經※27

上款題「靚雲道友法鑒」，下款寫「三山行腳僧醉筆」。屋中收拾得十分乾淨。再看那玻璃窗外，正是一個山澗，澗裡的水花喇花喇價※28流，帶著些亂冰，玎玲瑲琅價響，煞是好聽。又見對面那山坡上一片松樹，碧綠碧綠，襯著樹根下的積雪，比銀子還要白些，真是好看。德夫人一面看，一面讚歎，回頭笑向德慧生道：「我不同你回揚州了，我就在這兒做姑子罷，好不好？」慧生道：「很好，可是此地的姑子是做不得的。」德夫人道：「為什麼呢？」慧生道：「稍停一會，你就知道了。」

老殘說道：「儜別貪看景致，儜聞聞這屋裡的香，恐怕你們旗門子裡雖闊，這香倒未必有呢！」德夫人當真用鼻子細細價嗅了會子，說：「真是奇怪，又不是芸香、麝香，又不是檀香、降香、安息香，怎麼這麼好聞呢？」只見那兩個老姑子

清代康熙年間的觀音瓷像。（圖片來源：The Metropolitan Museum of Art）

上前，打了一個稽首說：「老爺太太們請坐，恕老僧不陪，叫他們孩子們過來伺候罷。」德夫人連稱：「請便，請便。」老姑子出去後，德夫人道：「這種好地方給這姑子住，實在可惜！」老殘道：「老姑子去了，小姑子就來了，但不知可是靚雲來？如果他來，可妙極了！這人名聲很大，我也沒見過，很想見見。倘若沾大嫂的光，今兒得見靚雲，我也算得有福了。」

未知來者，可是靚雲，且聽下回分解。

註

※27貝葉經：佛經的別稱。印度和西域人多用貝多羅樹的葉子抄寫佛經，故稱。

※28價：吳語中的語尾助詞，常附於形容詞之後，用法跟「的」字相當。

第二回　宋公子蹂躪優曇花　德夫人憐惜靈芝草

清代老照片，茶几兩側坐著兩個女人，由約翰·湯姆生攝於1869年。（圖片來源：Wellcome Collection）

話說老殘把個靚雲說得甚為鄭重，不由德夫人聽得詫異，連環翠也聽得傻了，說道：「這屋子想必就是靚雲的罷？」老殘道：「可不是呢，你不見那對子上落的款嗎？」環翠把臉一紅，說：「我要認得對子上的款，敢是好了！」老殘道：「你看這屋子好不好呢？」環翠道：「這屋子要讓我住一天，死也甘心。」老殘道：「這個容易，今兒我們大家上山，你不要去，讓你在這兒住一夜。明天山上下來再把你捎回店去，你不算住了一天了嗎？」大家聽了都呵呵大笑。

德夫人說：「這地不要說他羨慕，連我都捨不得去哩！」說著，只見門簾開處，進來了兩個人：一色打扮：穿著二藍摹本緞羊皮袍子，玄色摹本皮坎肩※1，剃了小半個頭，梳作一個大辮子，搽粉點胭脂，穿的是挖雲子鑲鞋，進門卻不打稽首，對著各人請了一個雙安。看那個大些的，約有三十歲光景；二的有二十歲光景。大的長長鴨蛋臉兒，模樣倒還不壞，就是臉上粉重些，大約有點煙色，要借這粉蓋下去的意思；二的團團面孔，淡施脂粉，卻一臉的秀氣，眼睛也還有神。各人還禮已畢，讓他們坐下，大家心中看去：大約第二個是靚雲，因為覺得他是靚雲，便就越看越好看起來了。

只見大的問慧生道：「這位老爺貴姓是德罷？儜是到那裡上任去嗎？」慧生道：「我是送家眷回揚州※2，路過此地上山燒香，不是上任的官。」他又問老殘道：「儜是到那兒上任，還是有差使？」老殘道：「我一不上任，二不當差，也是送家眷回揚州。」只見那二的說道：「儜二位府上都是揚州嗎？」慧生道：「都不是揚州人，都在揚州住家。」二的又道：「揚州是好地方，六朝金粉，自古繁華，

註

※1坎肩：無袖無領的上衣。

※2揚州：古九州之一。今江蘇、安徽、江西、浙江、福建等地屬之。

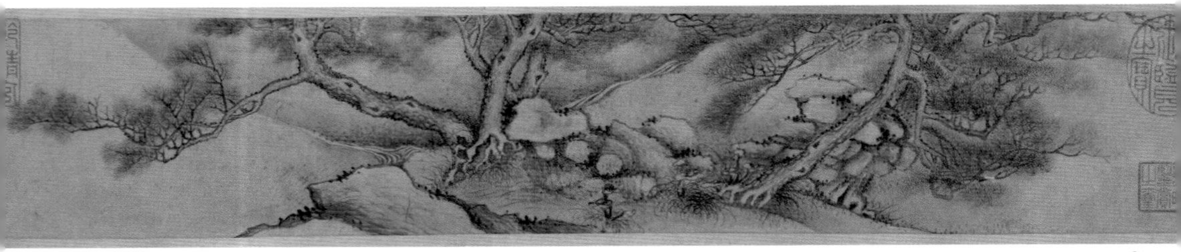

清代畫家張若靄《五大夫松圖卷》。

不知道隋堤楊柳現在還有沒有？」老殘道：「早沒有了！世間那有一千幾百年的柳樹嗎？」二的又道：「原是這個道理，不過我們山東人性拙，古人留下來的名蹟都要點綴，如果隋堤在我們山東，一定有人補種些楊柳，算一個風景。譬如這泰山上的五大夫松，難道當真是秦始皇封的那五棵松嗎？不過既有這個名蹟，總得種五棵松在那地方，好讓那遊玩的人看了，也可以助點詩興，鄉下人看了，也多知道一件故事。」

大家聽得此話，都吃了一驚。老殘也自悔失言，心中暗想看此吐屬，一定是靚雲無疑了。又聽他問道：「揚州本是名士的聚處，像那『八怪』的人物，現在總還有罷？」慧生道：「前幾年還有幾個，如詞章家的何蓮舫，書畫家的吳讓之※3，都還下得去，近來可就一掃光了！」慧生又道：「請教法號，想必就是靚雲罷？」只見他答道：「不是，不是。靚雲下鄉去了，我叫逸雲。」指那大的道：「他叫青雲。」

老殘插口問道：「靚云為什麼下鄉？幾時來？」逸雲道：「沒有日子來。不但靚雲師弟不能來，恐怕連我這樣的乏人※4，只好下鄉去哩！」老殘忙問：「到底什麼緣故？請你何妨直說呢。」只見逸雲眼圈兒一紅，停了一停說：「這是我們的醜事，不便說，求老爺們不用問罷！」

當時只見外邊來了兩個人，一個安了六雙杯箸，一個人托著盤子，取出八個菜碟，兩把酒壺，放在桌上。青雲立起身來說：「太太老爺們請坐罷。」德慧生道：「怎樣坐呢？」德夫人道：「你們二位坐東邊，我們姐兒倆坐西邊，我們對著這月洞窗兒，好看景致。下面兩個坐位，自然是他們倆的主位了。」說完大家依次坐下，青雲持壺斟了一遍酒。逸雲道：「天氣寒，儜多用一杯罷，越往上走越冷哩！」德夫人說：「是的，當真我們喝一杯罷。」大家舉杯替二雲道了謝，隨便喝了兩杯。德夫人惦記靚雲，向逸雲道：「儜才說靚雲為什麼下鄉？咱娘兒們說說不

註

※3吳讓之：吳熙載（西元一七九九至一八七〇年），原名廷揚，字熙載，後以字行，改字讓之，亦作攘之，號讓翁、晚學居士、方竹丈人等。江蘇儀徵人。清代篆刻家、書法家。

※4乏人：沒用的人。

要緊的。」

逸雲歎口氣道：「儜別笑話！我們這個廟是從前明就有的，歷年以來都是這樣。儜看我們這樣打扮，並不是像那倚門賣笑的娼妓，當初原為接待上山燒香的上客：或是官，或是紳，大概全是讀書的人居多，所以我們從小全得讀書，讀到半通就念經典，做功課，有官紳來陪著講講話，不討人嫌。又因為尼姑的裝束頗犯人的忌諱，若是上任，或有甚喜事，大概俗說看見尼姑不吉祥，所以我們三十歲以前全是這個裝束，一過三十就全剃了頭了。雖說一樣的陪客，飲酒行令，間或有喜歡風流的客，隨便詼諧兩句，也未嘗不可對答。倘若停眠整宿的事情，卻說是犯著祖上的清規，不敢妄為的。」

◆韓國18世紀畫家申潤福筆下的尼姑（左一）。

德夫人道：「然則你們這廟裡人，個個都是處女身體到老的嗎？」逸雲道：「也不盡然，老子說的好：『不見可欲，使心不亂。』※5若是過路的客官，自然沒有相干的了。若本地紳衿，常來起坐的，既能夾以詼諧，這其中就難說了！男女相愛，本是人情之正，被情絲繫縛，也是有的。但其中十個人裡，一定總有一兩個守身如玉，始終不移的。」

德夫人道：「儜說的也是，但是靚雲究竟為什麼下鄉呢？」逸雲又嘆一口氣道：「近來風氣可大不然了，倒是做買賣的生意人還顧點體面；若官幕兩途，牛鬼蛇神，無所不有！比那下等還要粗暴些！俺這靚雲師弟，今年才十五歲，模樣長得本好，人也聰明，有說有笑，過往客官，沒有不喜歡他的。他又好修飾，儜瞧他這屋子，就可略見一斑了。前日，這裡泰安縣※6宋大老爺的少爺，帶著兩位師爺來這裡吃飯，也是廟裡常有的事。誰知他同靚雲鬧的很不像話，靚雲起初為他是本縣少爺，不敢得罪，只好忍耐著；到後來，萬分難忍，就逃到北院去了。這少爺可就發了脾氣，大聲嚷道：『今兒晚上如果靚雲不來陪我睡覺，明天一定來封廟門。』老師父沒了法了，把兩師爺請出去，再三央求，每人送了他二十兩銀子，才算免了那

註

※5不見可欲，使心不亂：出自《道德經．三章》。這句話大意是說：在上位者不顯露自己的野心慾望，那麼臣子和百姓也不會爲了討好在上位者而忙碌奔波了。

※6泰安縣：今山東省泰安市

一晚上的難星。昨兒下午，那個張師爺好意特來送信說：『你們不要執意，若不教靚雲陪少爺睡，廟門一定要封的。昨日我們勸了一晚上，他決不肯依，你們想想看罷。』老師父聽了沒有法想，哭了一夜，說：『不想幾百年的廟，在我手裡斷送掉了！』今天早起才把靚雲送下鄉去，我明早也要走了。只留青雲、素雲、紫雲三位師兄在此等候封門。」

說完，德夫人氣的搖頭，對慧生道：「怎麼外官這麼利害！咱們在京裡看御史們的摺子，總覺言過其實，若像這樣，還有天日嗎？」慧生本已氣得臉上發白，說：「宋次安還是我鄉榜同年※7呢！怎麼沒家教到這步田地！」這時外間又端進兩個小碗來，慧生說：「我不吃了。」向逸雲要了筆硯同信紙，說：「我先寫封信去，明天當面見他，再為詳說。」

當時逸雲在佛櫃抽屜內取出紙筆，慧生寫過，說：「叫人立刻送去。我們明天下山，還在你這裡吃飯。」重新入座。德夫人問：「信上怎樣寫法？」慧生道：「我只說今日在斗姥宮，風聞因得罪世

清代書中的尼姑插圖。

兄，明日定來封門。弟明日下山，仍須藉此地一飯，因偕同女眷，他處不便。請緩封一日，俟弟與閣下面談後，再封何如？鵠候玉音。」逸雲聽了，笑吟吟的提了酒壺滿斟了一遍酒，摘了青雲袖子一下，起身離座，對德公夫婦請了兩個雙安，說：「替斗姥娘娘謝儜的恩惠。」青雲也跟著請了兩個雙安。

德夫人慌忙道：「說那兒話呢，還不定有用沒有用呢。」二人坐下，青雲楞著個臉說道：「這信要不著勁，恐怕他更要封的快了。」逸雲道：「傻小子，他敢得罪京官嗎？你不知道像我們這種出家人，要算下賤到極處的，可知那娼妓比我們還要下賤，可知那州縣老爺們比娼妓還要下賤？遇見馴良百姓，他治死了還要抽筋剝皮，銼骨揚灰※8。遇見有權勢的人，他裝王八給人家踹在腳底下，還要昂起頭來叫兩聲，說我唱個曲子儜聽聽罷。——他怕京官老爺們寫信給御史※9參他。你瞧著罷！明天我們這廟門口，又該掛一條彩綢，兩個宮燈哩！」大家多忍不住的笑了。

說著，小碗大碗俱已上齊，催著拿飯吃了好上山。霎時飯已吃畢，二雲退出，

註

※7同年：同年考上科舉。
※8銼骨揚灰：即「挫骨揚灰」。將骨頭挫成灰撒掉。極言罪孽深重或恨之極深。
※9御史：明清兩代督察院的屬官，以都御史統轄諸御史，執掌彈劾。

頃刻青雲捧了小妝臺進來，讓德夫人等勻粉。老姑子亦來道謝，為寫信到縣的事。德慧生問：「山轎齊備了沒有？」青雲說：「齊備了。」於是大家仍從穿堂出去，過客堂，到大門，看轎夫俱已上好了板；又見有人挑了一肩行李。轎夫代說是客店裡家人接著信，叫送來的。慧生道：「你跟著轎子走罷。」老姑子率領了青雲、紫雲、素雲三個小姑子，送到山門外邊，等轎子走出，打了稽首送行，口稱：「明天請早點下山。」

轎子次序仍然是德夫人第一，環翠第二，慧生第三，老殘第四。出了山門，向北而行，地甚平坦，約數十步始有石級數層而已。行不甚遠，老殘在後，一少年穿庫灰搭連，布棉袍，青布坎肩，頭上戴了一頂新褐色氈帽，一個大辮子，漆黑漆黑拖在後邊，辮穗子有一尺長，卻同環翠的轎子並行。後面雖看不見面貌，那個雪白的頸項，卻是很顯豁的。老殘心裡詫異，山路上那有這種人？留心再看，不但與環翠轎子並行，並且在那與環翠談心。山轎本來離地甚近，走路的人比坐轎子的

一張轎子在四川山路行走的老照片。（圖片來源：《遠東流浪學子》，1908年出版）

人，不過低一頭的光景，所以走著說話甚為便當。

又見那少年指手畫腳，一面指，一面說，又見環翠在轎子上也用手指著，向那少年說話，彷彿像同他很熟似的。心中正在不解什麼緣故，忽見前面德夫人也回頭用手向東指著，對那少年說話。又見那少年趕走了幾步，到德夫人轎子跟前說了兩句，見那轎子就漸漸走得慢了。老殘正在納悶，想不出這個少年是個何人，見前面轎子已停，後面轎子也一齊放下。慧生、老殘下轎，走上前去，見德夫人早已下轎，手攙著那少年，朝東望著說話呢。老殘走到跟前，把那少年一看，不覺大笑，說道：「我當是誰，原來是你喲！你怎麼不坐轎子，走了來嗎？快回去罷。」

環翠道；「他師父說，教他一直送我們上山呢，」老殘道：「那可使不得，幾十里地，跑得了嗎？」只見逸雲笑說道：「俺們鄉下人，沒有別的能耐，跑路是會的。這山上別說兩天一個來回，就一天兩個來回也累不著。」德夫人向慧生、老殘道：「儜見那山澗里一片紅嗎？剛才聽逸雲師兄說，那就是經石峪，在一塊大磐石上，北齊人刻的一部《金剛經》※10。我們下去瞧瞧好不好？」慧生說：「耶！」逸

註

※10《金剛經》：佛教典籍。全名爲《金剛般若波羅蜜經》，內容主要在闡明般若空義。

泰山經石峪照片，約攝於1924年。（圖片來源：《亞東印畫輯》第1冊）

雲說：「下去不好走，儜走不慣，不如上這塊大石頭上，就都看見了。」大家都走上那路東一塊大石上去，果然一行一行的字，都看得清清楚楚，連那「我相人相眾生相」[※11]等字，都看得出來。

德夫人問：「這經全嗎？」逸雲說：「本來是全的，歷年被山水沖壞的不少，現在存的不過九百多字了。」德夫人又問道：「那北邊有個亭子幹什麼的？」逸雲說：「那叫晾經亭，彷彿說這一部經晾在這石頭上似的。」說罷各人重復上轎，再往前行，不久到了柏樹洞，兩邊都是古柏交柯，不見天日。這柏樹洞有五里長，再前是水流雲在橋了。橋上是一條大瀑布沖下來，從橋下下山去。

逸雲對眾人說：「若在夏天大雨之後，這水卻不從橋下過，水從山上下來力量

泰山經石峪

泰山經石峪照片，為1935年刊行之山東全省汽車路管理局特刊第二期附圖。

過大，徑射到橋外去，人從橋上走，就是從瀑布底下鑽過去，這也是一有趣的奇景。」說完，又往前行，見面前有「迴馬嶺」三個字，山從此就險峻起來了。再前，過二天門，過五大夫松，過百丈崖，到十八盤。在十八盤下，仰看南天門，就如直上直下似的，又像從天上挂下一架石梯子似的。大家看了都有些害怕，轎夫到此也都要吃袋煙歇歇腳力。

環翠向德夫人道：「太太儜怕不怕？」德夫人道：「怎麼不怕呢？儜瞧那南天門的門樓子，看著像一尺多高，你想這夠多麼遠，都是直上直

註

※11我相人相眾生相：《金剛經》中說：「我相、人相、眾生相、壽者相」。這四相是我執，即是煩惱。且此四相是變動無常的，凡夫卻都沉溺在其中，無法脫離，以爲此四相是眞實的存在，所以人會感到痛苦、煩惱，而不斷在輪迴中無法脫離。

下的路。倘若轎夫腳底下一滑，我們就成了肉醬了？想做了肉餅子都不成。」逸雲笑道：「不怕的，有娘娘保佑，這裡自古沒鬧過亂子，儜放心罷。儜不信，我走給儜瞧。」說著放開步，如飛似的去了。走得一半，只見逸雲不過有個三、四歲小孩子大，看他轉過身來，面朝下看，兩隻手亂招。德夫人大聲喊道：「小心著，別栽下來！」那裡聽得見呢？看他轉身，又望上去了。

這裡轎夫腳力已足，說：「太太們請上轎罷。」德夫人袖中取出塊花絹子來對環翠道：「我教你個好法子，你拿手絹子把眼悔※12上，死活

一張從十八盤遙望泰山南天門的照片，約攝於1929年。（圖片來源：《亞細亞大觀》第6冊）

存亡，聽天由命去罷。」環翠說：「只好這樣。」當真也取塊帕子將眼遮上聽他去了。頃刻工夫已到南天門裡，聽見逸雲喊道：「德太太，到了平地啦，儜把手帕子去了罷！」德夫人等驚魂未定，並未聽見，直至到了元寶店門口停了轎。逸雲來攙德夫人，替他把絹子除下，德夫人方立起身來，定了定神，見兩頭都是平地，同街道一樣，方敢挪步。

老殘也替環翠把絹子除下，環翠回了一口氣說：「我沒摔下去罷！」老殘說：「你要摔下去早死了！還會說話嗎？」兩人笑了笑，同進店去。原來逸雲先到此地，吩咐店家將後房打掃乾淨，他復往南天門等候轎子，所以德夫人來時，諸事俱已齊備。這元寶店外面三間臨街，有櫃臺發賣香燭元寶等件，裡邊三間專備香客住宿的。各人進到裡間，先在堂屋坐下，店家婆送水來洗了臉。天時尚早，一角斜陽，還未沉山。坐了片刻，挑行李的也到了。逸雲叫挑夫搬進堂屋內，說：「你去罷。」逸雲問：「怎樣鋪法？」老殘說：「我同慧哥兩人住一同，他們三人住一間

註

※13 䊀：讀作「美」。用手蒙蓋住。

何如？」慧生說：「甚好。」就把老殘的行李放在東邊，慧生的放在西邊。

逸雲將東邊行李送過去，就來拿西邊行李，環翠說：「我來罷，不敢勞儜駕。」其時逸雲已將行李提到西房打開，環翠幫著搬鋪蓋，德夫人說：「怎好要你們動手，我來罷。」其實已經鋪陳好了。那邊一付，老殘等兩人亦布置停妥。逸雲趕過來，說道：「我可誤了差使了，怎麼儜已經歸置好了嗎？」慧生說：「不敢當，你請坐一會歇歇好不好？」逸雲說聲：「不累，歇什麼！」又往西房去了。慧生對老殘說：「你看逸雲何如？」老殘：「實在好。我又是喜愛，又是佩服，倘若在我們家左近，我必得結交這個好友。」慧生說：「誰不是這麼想呢？」

南天門前的的陡峭階梯照片，約攝於1938年。（圖片來源：《亞細亞大觀》第15冊）

慢提慧生、老殘這邊議論。卻說德夫人在廟裡就契重逸雲，及至一路同行，到了一個古蹟，說一個古蹟，看他又風雅，又潑辣，心裡想：「世間那裡有這樣好的一個文武雙全的女人？若把他弄來做個幫手，白日料理家務，晚上燈下談禪；他若肯嫁慧生，我就不要他認嫡庶，姊妹稱呼我也是甘心的。」自從打了這個念頭，越發留心去看逸雲，見他膚如凝脂，領如蝤蠐※13，笑起來一雙眼又秀又媚，卻是不笑起來又冷若冰霜。趁逸雲不在眼前時，把這意思向環翠商量。環翠喜的直蹦說：「儜好歹成就這件事罷，我替儜磕一個頭謝謝儜。」德夫人笑道：「你比我還著急嗎？且等今晚試試他的口氣，他若肯了，不怕他師父不肯。」

究竟慧生姻緣能否成就，且聽下回分解。

註

※13蝤蠐：讀作「求其」。天牛及桑牛的幼蟲。因其體豐潤潔白，故古人用以比喻婦女光滑柔膩的頸項。

第三回　陽偶陰奇參大道　男歡女悅證初禪

清代一位正用餐的女子，桌上有六個裝菜碟子，左邊站著侍女，繪於19世紀。（圖片來源：Wellcome Collection）

卻說德夫人因愛惜逸雲，有收做個偏房的意思，與環翠商量。那知環翠看見逸雲，比那宋少爺想靚雲還要熱上幾分。正算計明天分手，不知何時方能再見，忽聽德夫人這番話，以為如此便可以常常相見，所以歡喜的了不得，幾乎真要磕下頭去，被德夫人說要試試口氣，意在不知逸雲肯是不肯，心想倒也不錯，不覺又冷了一段。說時，看逸雲帶著店家婆子擺桌子，搬椅子，安杯筯[※1]，忙了個夠，又幫著擺碟子。擺好，斟上酒說：「請太太們老爺們坐罷，今兒一天乏了，早點吃飯，早點安歇。」大家走出來說：「山頂上那來這些碟子？」逸雲笑說：「不中吃，是俺師父送來的。」德夫人說：「這可太費事了。」

閒話休提。晚飯之後，各人歸房。逸雲少坐一刻，說：「二位大太早點安置，我失陪了。」德夫人說：「你上那兒去？不是咱三人一屋子睡嗎？」逸雲說：「我有地方睡，儜放心罷。這家元寶店，就是婆媳兩個，很大的炕，我同他們婆媳一塊兒睡，舒服著呢。」德夫人說：「不好，我要同你講話呢。這裡炕也很大，你怕我們三個人同睡不暖和，你就抱副鋪子裡預備香客的鋪蓋，來這兒睡罷。你不在這兒，我害怕，我不敢睡。」環翠也說：「你若不來，就是惡嫌咱娘兒們，你快點來罷。」逸雲想了想，笑道：「不嫌髒，我就來。我有自己帶來的鋪蓋，我去取來。」說著，便走出去，取進一個小包袱來，有尺半長，五、六寸寬，三、四寸高。環翠急忙打開一看，不過一條薄羊毛毯子，一個活腳竹枕而已。

看官，怎樣叫活腳竹枕？乃是一片大毛竹，兩頭安兩片短毛竹，有樞軸，支起

註

※1筯：筷子。同今箸字，是箸的異體字。

清代一位在房中睡覺的夫人，一位侍女站在房外柳樹旁。繪於19世紀。（圖片來源：Wellcome Collection）

來像個小几，放下來只是兩片毛竹，不占地方，北方人行路常用的，取其便當。且說德夫人看了說：「噯呀！這不冷嗎？」逸雲道：「不要他也不冷，不過睡覺不蓋點不像個樣子，況且這炕在牆後頭燒著火呢，一點也不冷。」德夫人取表一看，說：「才九點鐘還不曾到，早的很呢。你要不困，我們隨便胡說亂道好不好呢？」逸雲道：「即便一宿不睡，我也不困，談談最好。」

德夫人叫環翠：「勞駕儜把門關上，咱們三人上炕談心去，這底下坐著怪冷的。」說著三人關門上炕，炕上有個小炕几兒，德夫人同環翠對面坐，拉逸雲同自己並排坐，小小聲音問道：「這兒說話，他們爺兒們聽不著，咱們胡說行不行？」逸雲道：「有什麼不行的？儜愛怎麼說都行。」德夫人道：「你別怪我，我看青雲、紫雲他們姐妹三，同你不一樣，大約他們都常留客罷？」逸雲說：「留客是有的，也不能常留。究竟廟裡比不得住家，總有點忌諱。」德夫人又問：「我瞧儜沒有留過客，是罷？」逸雲笑說：「儜何以見得我沒有留過客呢？」德夫人說：「我那麼想，然則你留過客嗎？」逸雲道：「卻真沒留過客。」德夫人說：「你見了標致的爺們，你愛不愛呢？」逸雲說：「那有不愛的呢！」

德夫人說：「既愛怎麼不同他親近呢？」逸雲笑吟吟的說道：「這話說起來很長。儜想一個女孩兒家長到十六、七歲的時候，什麼都知道了，又在我們這個廟裡，當的是應酬客人的差使，若是疤痳歪嘴呢，自不必說；但是有一二分姿色，搽粉抹胭脂，穿兩件新衣裳，客人見了自然人人喜歡，少不得甜言蜜語的灌兩句。我們也少不得對人家瞧瞧，朝人家笑笑，人家就說我們飛眼傳情了，少不得更親近點。這時候儜想，倘若是個平常人倒也沒啥，倘若是個品貌又好，言語又有情意的人，你一句我一句自然而然的那個心就到了這人身上了。可是咱們究竟是女孩兒家，一半是害羞，一半是害怕，斷不能像那天津人的話，『三言兩語成夫妻』，畢

一位江蘇美人藝者，約攝於1926年。（圖片來源：《亞東印畫輯》第2冊）

竟得避忌點兒。

「記得那年有個任三爺，一見就投緣，兩三面後別提多好。那天晚上睡了覺，這可就胡思亂想開了。初起想這個人跟我怎麼這麼好，就起了個感激他的心，不能不同他親近；再想他那模樣，越想越好看；再想他那言談，越想越有味。閉上眼就看見他，睜開眼還是想著他，這就著上了魔，這夜覺可就別想睡得好了！到了四五更的時候，臉上跟火燒的一樣，飛熱起來。用個鏡子照照，真是面如桃花。那個樣子，別說爺們看了要動心，連我自己看了都動心。那雙眼珠子，不知為了什麼，就像有水泡似的，拿個手絹擦擦，也真有點濕淥淥※2的。奇怪！到天明，頭也昏了，眼也澀了，勉強睡一霎兒。剛睡不大工夫，聽見有人說話，一骨碌就坐起來了。心裡說：『是我那三爺來了罷？』再定神聽聽，原來是打粗的火工清晨掃地呢。歪下頭去再睡，這一覺可就到了晌午了。等到起來，除了這個人沒第二件事聽見，人說什麼馬褂子顏色好，花樣新鮮，冒冒失失的就問：『可是說三爺的那件馬褂不是？』被人家瞅一眼笑兩笑，自己也覺得失言，臊得臉通紅的。停不多大會兒，聽人家說，誰家兄弟中了舉了。又冒失問：『是三爺家的五爺不是？』被人家說：『你敢是迷了罷。』又臊得跑開去，等到三爺當真來了，就同看見自己的魂靈似的，那一親熱，就不用問了。可是閨女家頭一回的大事，那兒那麼容易呢？自己固然不能啟口，人家也不敢輕易啟口，不過乾親熱親熱罷哩！

「到了幾天後，這魔著的更深了，夜夜算計，不知幾時可以同他親近。又想他要住下這一夜，有多少話都說得了；又想在爹媽眼前說不得的話，對他都可以說得，想到這裡，不知道有多歡喜。後來又想，我要他替我做什麼衣裳，我要他替我做什麼帳幔子；我要他替我做什麼被褥。我要他買什麼木器；我要問師父要那南院裡那三間北屋，這屋子我要他怎麼收拾，各式長桌、方桌，上頭要他替我辦什麼擺飾，當中桌上、旁邊牆上要他替我辦坐鐘、掛鐘；我大襟上要他替我買個小金

註

※2渌渌：讀作「路」。溼潤的樣子。

表，——我們雖不用首飾，這手肐膊※3上實金鐲子是一定要的，萬不能少；甚至妝臺、粉盒，沒有一樣不曾想到。這一夜又睡不著了。

「又想知道他能照我這樣辦不能？又想任三爺昨日親口對我說：『我真愛你，愛極了。倘若能成就咱倆人好事，我就破了家，我也情願；我就送了命，我也願意。古人說得好：「牡丹花下死，做鬼也風流。」只是不知你心裡有我沒有？』我當時怪臊的，只說了一句：『我心同你心一樣。』我此刻想來要他買這些物件，他一定肯的。

「又想我一件衣服，穿久了怪膩的，我要大毛做兩套，是什麼顏色，什麼材料；中毛要兩套；小毛要兩套；棉、夾、單、紗要多少套，顏色花紋不要有犯重的。想到這時候，彷彿這無限若干的事物，都已經到我手裡似的。又想正月香市，初一我穿什麼衣裳，十五我穿什麼衣裳；二月二龍抬頭，我穿什麼衣裳；清明我穿什麼衣裳；四月初八佛爺生日，各廟香火都盛，我應該穿什麼衣裳；五月節，七月半，八月中秋，九月重陽，十月朝，十一月冬至，十二月臘，我穿什麼衣裳；某處大會，我得去看，怎麼打扮；某處小會，我也得去，又應該怎樣打扮。

「青雲、紫雲他們沒有這些好裝飾，多寒蠢※4，我多威武。又想我師父從

七、八歲撫養我這麼大，我該做件什麼衣服酬謝他；我鄉下父母我該買什麼東西叫他二老歡喜歡喜，他必叫著我的名兒說：『大妞兒，你今兒怎麼穿得這麼花紹※5？真好看煞人！』又想二姨娘、大姑姑，我也得買點啥送他，還沒有盤算得完，那四面的雞子，膠膠角角※6，叫個不住。我心裡說這雞真正渾蛋，天還早著呢！再抬頭看，窗戶上已

註

※3肐膊：肐，讀作「歌」。肩膀以下，手部以上的部分，分大小二節。

※4寒蠢：沒光彩、失面子。

※5花紹：裝飾豔麗。又作「花稍」。

※6膠膠角角：雞啼聲。

四月初八為釋迦牟尼佛生日，圖為17世紀的釋迦牟尼佛圖。

經白洋洋的了，這算我頂得意的一夜。

「過了一天，任三爺又到廟裡來啦，我抽了個空兒，把三爺扯到一個小屋子裡，我說：『咱倆說兩句話。』到了那屋子裡，我同三爺並肩坐在炕沿上，我說：『三爺我對你說……』這句才吐出口，我想那有這麼不害臊的人呢？人家沒有露口氣，咱們女孩兒家倒先開口了，這一想把我臊的真沒有地洞好鑽下去，那臉登時飛紅，振開腿就往外跑。三爺一見，心裡也就明白一大半了，上前一把把我抓過來望懷裡一抱，說：『心肝寶貝，你別跑，你的話我知道一半啦，這有什麼害臊呢？人人都有這一回的，這事該怎麼辦法？你要什麼物件？我都買給你，你老老實實說罷！』」

清代的金手鐲。（圖片來源：The Metropolitan Museum of Art）

逸雲說：「我那心勃騰勃騰的亂跳，跳了會子，我就把前兒夜裡想的事都說出來了。說了一遍，三爺沉吟了一沉吟說：『好辦，我今兒回去就稟知老太太商量，老太太最疼愛我的，沒那個不依。俺三奶奶暫時不告訴他，娘們沒有不吃醋的，恐怕在老太太眼前出壞。就是這麼辦，妥當，妥當。』話說完了，恐怕別人見疑，就走出來了。我又低低囑咐一句：『越快越好，我聽停的信兒。』三爺說：『那還用說。』也就匆匆忙忙下山回家去了。我送他到大門口，他還站住對我說：『倘若老太太允許了，我這兩天就不來，我託朋友來先把你師父的盤子※7講好了，我自己去替你置辦東西。』我說：『很好，很好。盼望著哩！』

「從此，有兩三夜也沒睡好覺，可沒有前兒夜裡快活，因為前兒夜裡只想好的一面。這兩夜，卻是想到好的時候，就上了火焰山；想到不好的時候。就下了北冰洋：一霎熱，一霎涼，彷彿發連環瘧子似的。一天兩天還好受，等到第三天，真受不得了！怎麼還沒有信呢？俗語說的好，真是七竅裡冒火，五臟裡生煙。又想他一定是慢慢的製買物件，同作衣裳去了。心裡埋怨他：『你買東西忙什麼呢？先來給我送個信兒多不是好，叫人家盼望的不死不活的幹麼呢？』

註

※7盤子：貨物買賣的行情價格。

「到了第四天，一會兒到大門上去看看，沒有人來；再一會兒又到大門口看看，還沒有人來！腿已跑酸啦，眼也望穿啦。到得三點多鐘，只見大南邊老遠的一肩山轎來了，其實還隔著五六里地呢，不知道我眼怎麼那麼尖，一見就認準了一點也不錯，這一喜歡可就不要說了！可是這四五里外的轎子，走到不是還得一會子嗎？忽然想起來，他說倘若老太太允許，他自己不來，先託個朋友來跟師父說妥他再來。今兒他自己來，一定事情有變！這一想，可就是彷彿看見閻羅王的勾死鬼似的，兩隻腳立刻就發軟，頭就發昏，萬站不住，飛跑進了自己屋子，捂上臉就哭。哭了一小會，只聽外邊打粗的小姑子喊道：『華雲，三爺來啦！快去罷！』

「二位太太，儜知道為什麼叫華雲呢，因為這逸雲是近年改的，當年我本叫

穿著婚服的清代新娘照片，由約翰．湯姆生攝於1871年。（圖片來源：Wellcome Collection）

華雲。我聽打粗的姑子喊，趕忙起來，擦擦眼，勻勻粉，自己怪自己：這不是瘋了嗎？誰對你說不成呢？自言自語的，又笑起來了！臉還沒勻完，誰知三爺已經走到我屋子門口，揭起門簾說：『你幹什麼呢？』我說：『風吹砂子迷了眼啦！我洗臉的。』我一面說話，偷看三爺臉神，雖然帶著笑，卻氣像冰冷，跟那凍了冰的黃河一樣。我說：『三爺請坐。』三爺在炕沿上坐下，我在小條桌旁邊小椅上坐下，小姑子揭著門簾，站著支著牙在那裡瞅。我說：『你還不泡茶去！』小姑子去了，我同三爺兩個人臉對臉，白瞪了有半個時辰，一句話也沒有說。

「等到小姑子送進茶來，吃了兩碗，還是無言相對。我耐不住了，我說：『三爺，今兒怎麼著啦，一句話也沒有？』三爺長歎一口氣，說：『真急死人，我對你說罷！前兒不是我從你這裡回去嗎？當晚得空，我就對老太太說了個大概，老太太問得多少東西，我還沒敢全說，只說了一半的光景，老太太拿算盤一算，說：「這不得上千的銀子嗎？」我就不敢言語了。老太太說：「你這孩子，你老子千辛萬苦掙下這個家業，算起來不過四、五萬銀子家當，你們哥兒五個，一年得多少用項。你五弟還沒有成家，你平常喜歡在山上跑跑，我也不禁止。你今兒想到這種心思，一下子就得用上千的銀子，還有將來呢？就不花錢了嗎？況且你的媳婦模樣也不寒

◆一張正用算盤計算的清人畫作，繪於19世紀。（圖片來源：The Metropolitan Museum of Art）

蠢，你去年才成的家，你們兩口子也怪好的，年我看你小夫婦很熱，今年就冷了好些，不要說是為這華雲，所以變了心了。我做婆婆的為疼愛兒子，拿上千的銀子給你幹這事，你媳婦不敢說什麼，他倘若說：『賠嫁的衣服不時樣了。』要我給他做三二百銀子衣服，明明是擠我這個短兒，我怎麼發付他呢？你大嫂子、二嫂子都來趕羅※8我，我又怎麼樣？我不給他們做，他們當面不說，背後說：『我們製買點物件，姓任的買的，還在姓任的家裡，老太太就不願意了；老三花上千的銀子，給別人家買東西，三天後就不姓任了，老太太倒願意。也不知道是護短呢，是老昏了！』這話要傳到我耳朵裡，我受得受不得呢？你是我心疼的兒子，你替我想想，你在外邊快樂，我在家裡受氣，你心裡安不安呢？倘若你媳婦是不賢慧的，同你吵一回，鬧一回，也還罷了；倘若竟仍舊的同你好，格外的照應你，你就過意得去嗎？倘若依你做了去，還是永遠就住在山上，不回家呢？還是一邊住些日子呢？倘若你久在山上，你不要媳婦，你連老娘都不要了，你成什麼人呢？你一定在山上住些時，還得在家裡住些時，是不用說的了。你在家裡住的時候，人家山上又來了別的客，少不得也要留人家住，你花錢買的衣裳真好看，穿起來給別人看；你買的器皿，給別人用；你買的帳幔，給別人遮羞；你買的被褥，給人家蓋；你心疼心愛心裡憐惜的人，陪別人睡；別人脾氣未必有你好，大概還要鬧脾氣；睡的不樂意還要罵你心愛的人，打你心愛的人，你該怎麼樣呢？好孩子！你是個聰明孩子，把你娘的話，仔細想想，錯是不錯？依我看，你既愛他，我也不攔你，你把這第一個傻子讓

清代的瓷盤。（圖片來源：The Metropolitan Museum of Art）

註

※8 趕羅：催逼、詢問。

給別人做，你做第二個人去，一樣的稱心，一樣的快樂，卻不用花這麼多的冤錢，這是第一個辦法。你若不以為然，還有第二個辦法：你說華雲模樣長得十分好，心地又十分聰明，對你又是十二分的恩愛，你且問他是為愛你的東西，是為愛你的人？若是為愛你的東西，就是為你的錢財了，你的錢財幾時完，你的恩愛就幾時斷絕；你算花錢租恩愛，你算算你的家當，夠租幾年的恩愛？倘若是愛你的人，一定要這些東西嗎？你正可以拿這個試試他的心，若不要東西，真是愛你；要東西，就是假愛你。人家假愛你，你真愛人家，不成了天津的話：『剃頭挑子一頭想』※9嗎？我共總給你一百銀子，夠不夠你自己斟酌辦理去罷！」』」

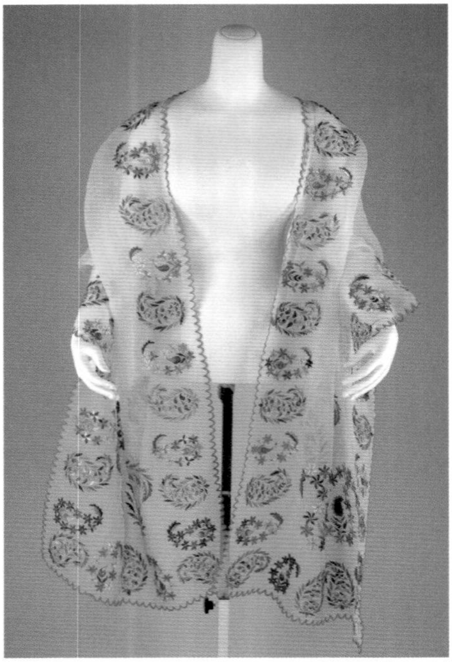

清代的女用披肩。（圖片來源：The Metropolitan Museum of Art）

逸雲追述任三爺當日敘他老太太的話到此已止，德夫人對著環翠伸了一伸舌頭說：「好個利害的任太太，真會管教兒子！」環翠說：「這時候雖是逸雲師兄，也一點法子沒有吧！」德夫人向逸雲道：「你這一番話，真抵得上一卷書呢！任三爺說完這話，儜怎麼樣呢？」

逸雲說：「我怎麼呢？哭罷咧！哭了會子，我就發起狠來了。我說：『衣服我也不要了！東西我也不要了！任麼※10我都不要了！儜跟師父商議去罷！』任三爺說：『這話真難出口，我是怕你著急，所以先來告訴你，我還得想法子，就這樣是萬不行！儜別難受。緩兩天我再向朋友想法子去。』我說：『儜別找朋友想法子了，借下錢來，不還是老太太給嗎？倒成了個騙上人的事，更不妥了，我更對不住儜老太太了！』那一天就這麼，我們倆人就分手了！」逸雲便向二人道：「二位太太如果不嫌絮煩，願意聽，話還長著呢！」德夫人道：「願意聽，願意聽，你說下去罷。」且聽下回分解。

註

※9剃頭挑子一頭想：比喻對事情的態度，只有一方熱心關切，另一方卻毫不在乎。
※10任麼：任什麼、無論什麼。

第四回　九轉成丹破壁飛　七年返本歸家坐

蘇州的尼姑照片，約攝於1926年。（圖片來源：《亞細亞大觀》第3冊）

卻說逸雲又道：「到了第二天，三爺果然託了個朋友來跟師父談論，把以前的情節述了一遍，問師父肯成就這事不肯？並說華雲已經親口允許任麼都不要，若是師父肯成就，將來補報的日子長呢。老師父說道：『這事聽華雲自主。我們廟裡的規矩可與窯子裡不同。窯子裡妓女到了十五、六歲，就要逼令他改裝，以後好做生意；廟裡留客本是件犯私的事，只因祖上傳下來，年輕的人，都要搽粉抹胭脂，應酬客人。其中便有難於嚴禁之處，恐怕傷犯客人面子，前幾十年還是暗的，漸漸的近來，就有點大明大白的了！然而也還是個半暗的事，儜只可同華雲商量著辦，倘若自己願意，我們斷不過問的。

「『但是有一件不能不說，在先也是本廟裡傳下來的規矩，因為這比丘尼本應該是童貞女的事，不應該沾染紅塵；在別的廟裡犯了這事，就應逐出廟去，不再收留，惟我們這廟不能打這個官話欺人，可是也有一點分別，若是童女呢，一切衣服用度，均是廟裡供給，別人的衣服，童女也可以穿，別人的物件，童女也可以用；若一染塵事，他就算犯規的人了，一切衣服等項，俱得自己出錢製買，並且每月還須津貼廟裡的用項。若是有修造房屋等事，也須攤在他們幾個染塵人的身上。因為廟裡本沒有香火田，又沒有緣簿※1，但凡人家寫緣簿的，自然都寫在那清修的廟裡去，誰肯寫在這半清不渾的廟裡呢？儜還不知道嗎？況且初次染塵，必須大大的寫筆功德錢，這錢誰也不能得，收在公賬上應用。

「『儜才說的一百銀子，不知算功德錢呢？還是給他置買衣服同那動用器皿呢？若是功德錢，任三爺府上也是本廟一個施主，斷不計較；若是置辦衣物，這功

註

※1緣簿：僧寺化緣募捐的簿冊。

德錢指那一項抵用呢？所以這事我們不便與聞，儜請三爺自己同華雲斟酌去罷。況且華雲現在住的是南院的兩間北屋，屋裡的陳設，箱子裡的衣服，也就不大離值兩千銀子，要是做那件事，就都得交出來，照他這一百銀子的牌子，那一間屋子也不稱，只好把廚房旁邊堆柴火的那一間小屋騰出來給他，不然別人也是不服的。儜瞧是不是呢？』

「那朋友聽了這番話，就來一五一十的告訴我，我想師父這話也確是實情，沒法駁回。我就對那朋友說：『叫我無論怎麼寒蠢，怎麼受罪，我為著三爺都沒有什麼不肯，只是關著三爺面子，恐怕有些不妥，不必著急，等過一天三爺來，我們再商議罷。』那個朋友去了，我就仔細的盤算了兩夜。我起初想，同三爺這麼好，管他有衣服沒衣服，比要飯的叫化子總強點，就算那間廚房旁邊的小房子，也怪暖和

清代的女子服裝。（圖片來源：The Metropolitan Museum of Art）

的，沒有什麼不可以的。我瞧那戲上王三姐拋彩毬打著了薛平貴，是個討飯的，他捨掉了相府小姐不做，去跟那薛平貴、落後做了西涼國王，何等榮耀，有何不可。又想人家那是做夫妻，嫁了薛平貴，我這算什麼呢？就算我苦守了十七年，任三爺做了西涼國王，他家三奶奶自然去做娘娘，我還不是斗姥宮的窮姑子嗎？況且皇上家恩典，雖准其貤封※2，也從沒有聽見有人說過：誰做了官貤封到他相好的女人的，何況一個姑子呢！《大清會典》上有貤封尼姑的一條嗎？想到這裡，可就涼了半截了！又想我現在身上穿的袍子是馬五爺做的，馬褂是牛大爺做的，還有許多物件都是客人給的；若同任三爺落了交情，這些衣物都得交出去。馬五爺、牛大爺來的時候不問嗎？不告訴他不行，若告訴他，被他們損兩句呢？說：『你貪圖小白臉，把我們東西都斷送了！把我們待你的好意，都摔到東洋大海裡去，真沒良心！真沒出息！』那時我說什麼呢？況且既沒有好衣服穿，自然上不了臺盤※3，正經客來，立刻就是青雲他們應酬了，我只好在廚房裡端菜，送到門簾子外頭，讓他們接

註

※2貤封：置官贈爵。貤，讀作「宜」。

※3臺盤：上等場面。

進去，這是什麼滋味呢！等到吃完了飯，刷洗鍋碗是我的差使，這還罷了，頂難受是清早上掃屋子裡的地！院子裡地是火工掃，上等姑子屋裡地是我們下等姑子掃，倘若師兄們同客人睡在炕上，我進去掃地，看見帳幔外兩雙鞋，心裡知道：這客當初何等契重我，我還不願意理他，今兒我倒來替他掃地！心裡又應該是什麼滋味呢！如是又想：在這兒是萬不行的了！不如跟任三爺逃走了罷。又想逃走，我沒有什麼不行，可是任三爺人家有老太太，有太太，有哥哥，有兄弟，人家怎能同我逃走呢？這條計又想左了。翻來復去，想不出個好法子來。

「後來忽然間得了一條妙計：我想這衣服不是馬五爺同牛大爺做的嗎？馬五爺是當鋪的東家，牛大爺是匯票莊掌櫃的。這兩個人待我都不錯，要他們拿千把銀子

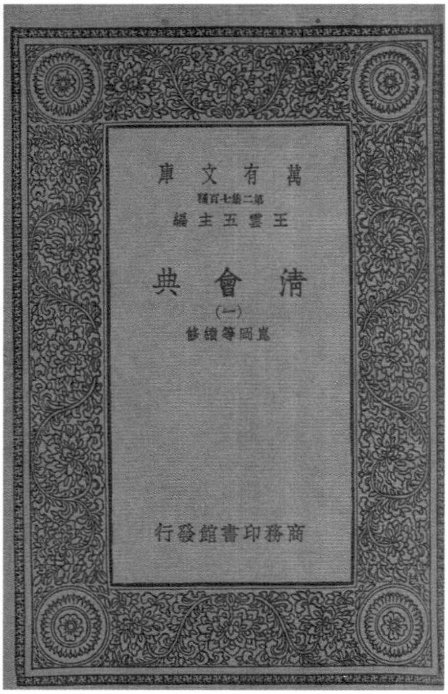

古代《清會典》是清朝官方的會典，圖為商務印書館於1935年出版之《清會典》封面。

不吃力的，況且這兩個人從去年就想算計我，為我不喜歡他們，所以吐不出口來，眼前我只要略為撩撥他們下子，一定上鈎。待他們把冤錢花過了，我再同三爺慢慢的受用，正中了三爺老太太的第一策，豈不大妙？想到這裡，把前兩天的愁苦都一齊散盡，很是喜歡。停了一會子，我想兩個人裡頭，找誰好呢？牛大爺匯票莊，錢便當，找他罷，又想老西兒※4的脾氣，不卡住脖兒梗※5是不花錢的，花過之後，還要肉疼。明兒將來見了衣裳，他也說是他做的；見了物件，也要說是他買的，唧唧咕咕，絮叨的沒有完期。況且醋心極大，知道我同三爺真好，還不定要唧咕出什麼樣子來才罷呢！又抽鴉片，一嘴的煙味，比糞還臭，教人怎麼樣受呢？不用顧了眼前，以後的罪不好受。算了罷，還是馬五爺好得多呢。又想馬五爺是個回子※6，專吃牛羊肉。自從那年縣裡出告示，禁宰耕牛，他們就只好專吃羊肉了。吃的那一身的羊羶氣，五六尺外，就教人作噁心，怎樣同他一被窩裡睡呢，也不是主意！又想除了這兩個呢，也有花得起錢的，大概不像個人樣子；像個人的呢，都沒有錢。

註

※4老西兒：對山西省人的俗稱。

※5脖兒梗：頸項。

※6回子：信奉回教的人。

我想到這裡，可就有點醒悟了。

「大概天老爺看著錢與人兩樣都很重的，所以給了他錢，就不教他像人；給了他個人，就不教他有錢：這也是不錯的道理。後來又想任三爺人才極好，可也並不是沒有錢，只是拿不出來，不能怨他。這心可就又迷回任三爺了，既迷回了任三爺，想想還是剛才的計策不錯，管他馬呢牛呢，將就幾天讓他把錢花夠了，我還是跟任三爺快樂去。看銀子同任三爺面上，就受幾天罪也不要緊的。這又喜歡起來了睡不著，下炕剔明了燈，沒有事做拿把鏡子自己照照，覺得眼如春水，面似桃花，同任三爺配過對兒，真正誰也委曲不了誰。

「我正在得意的時候，坐在椅子上倚在桌子上，又盤算盤算想道：這事還有不妥當處，前兒任三爺的話不知真是老太太的話呢？還是三爺自家使的壞呢？他有一句話很可疑的，他說老太太說，『你正可以拿這個試試他的心』，直怕他是用這個毒著兒※7來試我的心的罷？倘若是這樣，我同牛爺，馬爺落了交，他一定來把我痛罵一頓，兩下絕交。噯呀險呀！我為

清光緒年間的錢莊銀票。

三爺含垢忍污的同牛馬落交，卻又因親近牛馬，得罪了三爺，豈不大失算嗎？不好，不好！再想看三爺的情形，斷不忍用這個毒著下我的手，一定是他老太太用這個著兒破三爺的迷。

「既是這樣，老太太有第二條計預備在那裡呢！倘若我與牛爺，馬爺落了交情，三爺一定裝不知道，拿二千銀票來對我說：『我好容易千方百計的湊了這些銀子來踐你的前約，把銀子交給你，自己去採辦罷。』這時候我才死不得活不得呢！逼到臨了，他總得知道真情，他就把那二千銀票扯個粉碎，賭氣走了，請教我該怎麼樣呢？其實他那二千的票子，老早掛好了失票，雖然扯碎票子，銀子一分也損傷不了，只是我可就沒法做人，活臊也就把我臊死了！這麼說，以前那個法子可就萬用不得了！又想，這是我的過慮，人家未必這麼利害，又想就算他下了這個毒手，我也有法制他。什麼法子呢？我先同牛馬商議，等有了眉目，我推說我還得跟父母商議，不忙作定，然後把三爺請來，光把沒有錢不能辦的苦處告訴他，再把為他才

註

※7毒著兒：狠毒的計策。著，讀作「昭」。

用這忍垢納污的主意說給他，請他下個決斷。他說辦得好，以後他無從挑眼；他說不可以辦，他自然得給我個下落，不怕他不想法子去，我不賺個以逸待勞嗎？這法好的。又想，還有一事，不可不慮，倘若三爺竟說：『實在籌不出款來，你就用這個法子，不管他牛也罷，馬也罷，只要他拿出這宗寃錢來，我就讓他一頭地也不要緊。』自然就這麼辦了。可是還有那朱六爺，苟八爺，當初也花過幾個錢，你沒有留過客，他沒有法想；既有人打過頭客，這朱爺、苟爺一定也是要住的了，你敢得罪誰呢？不要說，這打頭客的一住，無論是馬是牛，他要住多少天，得陪他多少天，他要住一個月兩個月，也得陪他一個月兩個月；賸※8下來日子，還得應酬朱苟。算起來一個月裡的日子，被牛馬朱苟佔去二十多天，輪到任三爺不過三兩天的空兒；再算到我自己身上，得忍八、九夜的難受，圖了一兩夜的快樂，這事還是不做的好。

清代有握把的鏡子。（圖片來源：The Metropolitan Museum of Art）

「又想，噯呀，我真昏了呀！不要說別人打頭客，朱苟牛馬要來，就是三爺打頭客，不過面子大些，他可以多住些時，沒人敢撐他；可是他能常年在山上嗎？他家裡三奶奶就不要了嗎？少不得還是在家的時候多，我這裡還是得陪著朱苟牛馬睡。想到這裡，我就把鏡子一摔，心裡說：都是這鏡子害我的。我要不是鏡子騙我，搽粉抹胭脂，人家也不來撩我，我也惹不了這些煩惱。我是個閨女，何等尊重，要起什麼凡心？墮的什麼孽障？從今以後，再也不與男人交涉，剪了辮子，跟師父睡去。到這時候，我彷彿大澈大悟了不是？其實天津落子館的話，還有題目呢。

「我當時找剪子去剪辮子，忽然想這可不行，我們廟裡規矩過三十歲才准剪辮子呢，我這時剪了，明天怕不是一頓打！還得做幾個月的粗工。等辮子養好了，再上臺盤，這多麼丟人呢！況且辮子礙著我什麼事，有辮子的時候，糊塗難過；剪了辮子，得會明白嗎？我也見過多少剪辮子的人，比那不剪辮子的時候，還要糊塗呢！只要自己拿得穩主意，剪辮子不剪辮子一樣的事。

「那時我仍舊上炕去睡，心裡又想，從今以後無論誰我都不招惹就完了，誰知

註

※8 賸：餘留下來的。通「剩」。

一張綁著辮子的清代女孩照片，約攝於1860年。

道一面正在那裡想斬斷葛藤，一面那三爺的模樣就現在眼前，三爺的說話就存在耳朵裡，三爺的情意就臥在心坎兒上，到底捨不得，轉來轉去，忽然想到我真糊塗了！怎麼這麼些天數，我眼前有個妙策，怎麼沒想到呢？你瞧，任老太太不是說嗎？花上千的銀子，給別人家買東西，三天後就不姓任的，可見得不是老太太不肯給錢，為的這樣用法，過了幾天，東西也是人家的，人還是人家的，豈不是人財兩空嗎？我本沒有第二個人在心上，不如我徑嫁了三爺，豈不是好？

「這個主意妥當，又想有五百銀子給我家父母，也很夠歡喜的；有五百銀子給我師父，也沒有什麼說的。我自己的衣服，有一套眼面前的就行了，以後到他家還怕沒得穿嗎？真正妙計，巴不得到天明著人請三爺來商量這個辦法。誰知道往常天明的很快，今兒要他天明，越看那窗戶越亮，真是恨人！又想我到他家，怎樣伺候老太太，老太太怎樣喜歡我；我又怎樣應酬三奶奶，三奶奶又怎樣喜歡我；我又怎樣應酬大奶奶、二奶奶，他們又怎樣喜歡我。將來生養兩個兒子，大兒子叫他念書，讀文章中舉，中進士，點翰林，點狀元，放八府巡按※9，做宰相；我做老太太，多威武。二兒子，叫他出洋，做留學生，將來放外國欽差，我再跟他出洋，逛那些外國大花園，豈不快樂死了我嗎？咳！這個主意好！這個主意好！可是我聽說七、八年前，我們師叔嫁了李四爺，是個做官的，做過那裡的道臺※10，去的時候，多麼耀武揚威！末後聽人傳說，因為被正太太凌虐不過，喝生鴉片煙死了。

「又見我們彩雲師兄，嫁了南鄉張三爺，也是個大財主。老爺在家的時候，待承的同親姊妹一樣，老爺出了門，那磨折就說不上口了，身上烙的一個一個的瘡疤。老爺回來，自然先到太太屋裡了，太太對老爺說：『你們這姨太太，不知道同誰偷上了，著了一身的楊梅瘡※11，我好容易替他治好了，你明兒瞧瞧他身上那瘡疤子，怕人不怕人？你可別上他屋裡去，你要著上楊梅瘡，可就了不得啦！』把個

註

※9巡按：官職名稱。自明初開始，各省派遣御史到各地巡察，稱巡按御史。簡稱巡按。
※10道臺：即道員，簡稱「道」。中國明清時期的地方政府官職之一。
※11楊梅瘡：即梅毒，性病的一種。瘡形似楊梅，故名。

老爺氣的發抖，第二天清早起，氣狠狠的拿著馬鞭子，叫他脫衣裳看疤，他自然不肯。老爺更信太太說的不錯，扯開衣服，看了兩處，不問青紅皂白，舉起鞭子就打，打了二三百鞭子，教人鎖到一空屋子裡去，一天給兩碗冷飯，吃到如今，還是那麼半死不活的呢！

「再把那有姨太太的人盤算盤算，十成裡有三成是正太太把姨太太折磨死了的；十成裡也有兩成是姨太太把正太太鱉悶※12死了的；十成裡有五成是唧唧咕咕，不是鬥口就是淘氣；一百里也沒有一個太太平平的。我可不知道任三奶奶怎麼，聽說也很利害。然則我去到他家，也是死多活少，況且就算三奶奶人不利害，人家結髮夫妻過的太太平平和和氣氣的日子，要我去擾得人家六畜不安，末後連我也把個小命兒送掉了，圖著什麼呢？

清代一張婆婆跟媳婦的合照，約翰．湯普生攝於1868年。（圖片來源：Wellcome Collection）

「噯！這也不好，那也不好，不如睡我的覺罷。剛閉上眼，夢見一個白髮白鬚的老翁對我說道：『逸雲！逸雲！你本是有大根基的人，只因為貪戀利慾，埋沒了你的智慧，生出無窮的魔障，今日你命光發露，透出你的智慧，還不趁勢用你本來具足的慧劍，斬斷你的邪魔嗎？』我聽了連忙說：『是，是！』我又說：『我叫華雲，不叫逸雲。』那老者道：『迷時叫華雲，悟時就叫逸雲了。』我驚了一身冷汗，醒來可就把那些胡思亂想一掃帚掃清了，從此改為逸雲的。」

德夫人道：「看你年紀輕輕的，真好大見識，說的一點也不錯。我且問你：譬如現在有個人，比你任三爺還要好點，他的正太太又愛你，又契重你的，說明了同你姊妹稱呼，把家務全交給你一個人管，永遠沒有那咭咭咕咕的事，你還願意嫁他，不願意呢？」逸雲道：「我此刻且不知道我是女人，教我怎樣嫁人呢？」德夫人大驚道：「我不解你此話怎講？」

未知逸雲說出甚話，且聽下回分解。

註

※12 鱉悶：心裡因有事不能抒發而感到煩悶。

第五回 俏逸雲除慾除盡 德慧生救人救澈

話說德夫人聽逸雲說：他此刻且不知道他是女人，怎樣嫁人呢？慌忙問道：「此話怎講？」

逸雲道：「《金剛經》云：『無人相，無我相。』世間萬事皆壞在有人相我相。《維摩詰經》※1：維摩詰說法的時候，有天女散花，文殊菩薩以下諸大菩薩，花不著身，只有須菩提花著其身，是何故

✦清代寺廟的文殊菩薩像織品。（圖片來源：The Metropolitan Museum of Art）

呢？因為眾人皆不見天女是女人，所以花不著身，須菩提不能免人相我相，即不能免男相女相，所以見天女是女人，花立刻便著其身。推到極處，豈但天女不是女身，維摩詰空中，那得會有天女？因須菩提心中有男女相，故維摩詰化天女身而為說法。我輩種種煩惱，無窮痛苦，都從自己知道自己是女人這一念上生出來的，若看明白了男女本無分別，這就入了西方淨土極樂世界了。」

德夫人道：「你說了一段佛法，我還不能甚懂，難道你現在無論見了何等樣的男子，都無一點愛心嗎？」逸雲道：「不然，愛心怎能沒有？只是不分男女，卻分輕重。譬如見了一個才子、美人、英雄、高士，卻是從欽敬上生出來的愛心；見了尋常人卻與我親近的，便是從交感上生出來的愛心；見了些下等愚蠢的人，又從悲憫上生出愛心來。總之，無不愛之人，只是不管他是男是女。」

德夫人連連點頭說：「師兄不但是師兄，我真要認你做師父了。」又問道：「你是幾時澈悟到這步田地的呢？」逸雲道：「也不過這一二年。」德夫人道：

註

※1維摩詰經：佛教典籍。爲早期大乘經典之一，是中國和印度最流行的佛教經典之一。經中闡述，維摩詰示現生病，引佛弟子和菩薩來探望時，藉機說法開示，並批評其他佛教教派理論。

「怎樣便會證明到這地步呢？」逸雲道：「只是一個變字。《易經》說：『窮則變，變則通。』※2天下沒有個不變會通的人。」

德夫人道：「請你把這一節一節怎樣變法，可以指示我們罷？」逸雲道：「兩位太太不嫌煩瑣，我就說說何妨。我十二三歲時什麼都不懂，卻也沒有男女相。到了十四五歲，初開知識，就知道喜歡男人了；卻是喜歡的美男子，怎樣叫美男子呢？像那天津捏的泥人子，或者戲子唱小旦的，覺得他實在是好。到了十六七歲，就覺得這一種人真是泥捏的絹糊的，外面好看，內裡一點兒沒有，必須有點斯文氣，或者有點英武氣，才算個人，這就是同任三爺要好的時候了。再到十六八歲，就變做專愛才子英雄，看那報館裡做論的人，下筆千言，天下事沒有一件不知道的，真是才子！又看那出洋學生，或者看人兩國打仗要去觀戰，或者自己請赴前敵，或者借個題目自己投海而死，或者一洋鎗※3把人打死，再一洋鎗把自己打死，真是英雄！後來細細察看，知道那發議論的，大都知一不知二，為私不為公，不能算個才子。那些借題目自盡的，一半是發了瘋痰病※4，

周瑜是三國時期著名的俊美男子。

曾國藩畫像。

一半是受人家愚弄，更不能算個英雄。只有像曾文正※5，用人也用得好，用兵也用得好，料事也料得好，做文章也做得好，方能算得才子；像曾忠襄※6自練一軍，救兄於祁門，後來所向無敵，困守雨花臺※7，畢竟克復南京而後已，是個真英雄！再到十八九歲又變了，覺得曾氏弟兄的才子英雄，還有不

註

※2窮則變，變則通：出自《易經．繫辭下》：「易窮則變，變則通，通則久。」指當事物發展到極點、窮盡的時候，就必須求變化，變化之後便能夠通達，適合需要。

※3鎗：可發射子彈以射擊目標的武器。通「槍」。

※4瘋痰病：瘋病。

※5曾文正：即曾國藩（西元一八一一至一八七二年）字伯涵，號滌生，清湖南湘鄉人。率領湘軍，滅太平天國有功，封一等侯，官至武英殿大學士，歷任兩江及直隸總督。卒謚文正，著有《曾文正公全集》。

※6曾忠襄：即曾國荃，（西元一八二四至一八九〇年）字沅甫，清湖南湘鄉人，曾國藩弟。輔佐曾國藩與太平軍作戰，屢著功績，穆宗同治三年六月（西元一八六四年）率軍入南京，滅太平天國，封一等威毅伯，官至兩江總督。卒謚忠襄。

※7雨花臺：位於南京市南聚寶山上，形勢雄壯。相傳南北朝梁武帝時有雲光法師在此講經，感天而落下雨花，故名。

足處，必須像諸葛武侯※8才算才子，關公※9、趙雲※10才算得英雄；再後覺得管仲※11、樂毅方是英雄，莊周、列禦寇※12方是才子；再推到極處，除非孔聖人※13、李老君※14、釋迦牟尼※15才算得大才子、大英雄呢！推到這裡，世間就沒有我中意的人了。既沒有我中意的，反過來又變做沒有我不中意的人，這就是屢變的情形。近來我的主意把我自己分做兩個人：一個叫做住世的逸雲，既做了斗姥宮的姑子，凡我應做的事都做。不管什麼人，要我說話就說話，要我陪酒就陪酒，要摟就摟，要抱就抱，都無不可，只是陪他睡覺做不到；又一個我呢，叫做出世的逸雲，終日裡但凡閒暇的時候，就去同那儒釋道三教的聖人頑耍，或者看看天地日月變的把戲，很夠開心的了。」

德夫人聽得喜歡異常，方要再往下問，那邊慧生過來說：「天不早了，睡罷！還要起五更等著看日出呢。」德夫人笑道：「不睡也行，不看日出也行，儜沒有聽見逸雲師兄談的話好極了，比一卷書還有趣呢！我真不想睡，只是願意聽。」慧生說：「這麼好

曾國荃畫像。

※8諸葛武侯：即諸葛亮（西元一八一至二三四年），字孔明，三國蜀漢琅琊郡陽都人（今山東省沂水縣）。在荊州隱居避亂，劉備三顧茅廬才請他出仕。諸葛亮足智多謀，盡忠職守。使劉備在赤壁之戰中大敗曹操，輔佐劉備定益州，形成蜀漢與魏、吳三國鼎足的局面。劉備逝世後，輔助後主劉禪處理政務，封武鄉侯。一生都致力於平定天下，以匡復漢室爲己任。他與魏長期爭戰，鞠躬盡瘁，死於軍中，諡號忠武。著有《諸葛武侯集》。

※9關公：即關羽。生年不詳，卒於西元二一九年。字雲長，本字長生，三國蜀河東（今山西解縣）人。爲蜀漢大將，輔佐劉備成大業，曾大破曹軍，威震一時。官歷前將軍、漢壽亭侯，後吳將呂蒙襲破荊州，被殺。諡壯繆侯。

※10趙雲：生年不詳，卒於西元二二九年。字子龍，三國時常山眞定人。起初跟隨公孫瓚，後歸附劉備。其人勇敢善戰，以忠勇著稱。封永昌亭侯，累遷鎮軍將軍，卒諡順平。

※11管仲：原名管夷吾（西元前七二五至前六四五年），春秋齊國潁上人。年幼家貧，和鮑叔牙是知己好友。管仲起初輔佐公子糾，後來鮑叔牙輔佐公子小白即位，是爲齊桓公。管仲還曾射殺齊桓公，但沒有得逞。最後通過鮑叔牙的舉薦，齊桓公不計前嫌任用他爲宰相，還尊稱他爲「仲父」。管仲尊王攘夷，匡扶天下，建立不世功勳。他崇尚法家思想，是法家的代表人物之一。其思想言行記錄在《管子》中，傳揚至今。

※12列禦寇：是戰國時代著名的思想家，崇尚道家黃老之學。後人尊稱爲「列子」。

※13孔聖人：即孔丘（西元前五五一至前四七九年），字仲尼，春秋時代魯國人。年輕時在魯國擔任官職。後周遊列國十四年，四處尋找可以採納他政治理念的君主，但沒有一個國君願意實踐他的政治理想。六十八歲時，返回魯國，整理編訂古籍經典。教育弟子不遺餘力，後世尊他爲「至聖先師」，也稱他爲「孔子」。

※14李老君：原名李聃，名耳，字伯陽，世人尊稱爲「老子」。春秋時代楚國苦縣(今河南省鹿邑縣）人。曾任周朝守藏室史，守藏室蒐藏天下典籍，類似今之國家圖書館。其學說主張虛靜無爲的治理天下之道，後世尊爲道家始祖。《史記》記載孔子曾前往問禮，著有《道德經》五千餘言。後道教尊奉老子爲太上老君，爲道教的始祖。

※15釋迦牟尼：佛教創始人。俗名悉達多，生於西元前五六六年，原是釋迦國的太子，二十九歲出家修道，從當時著名的沙門阿羅邏迦羅摩和烏陀迦羅摩子修習禪定。在一次夜晚的修禪中，證悟了生命的眞相，成就正覺。從此以後，他被稱爲佛陀。並到處說法，組織僧團，直至西元前四八六年圓寂。簡稱爲「釋迦」。

聽，你為什麼不叫我來聽聽呢？」德夫人說：「我聽入了迷，什麼都不知道了，還顧得叫你呢！可是好多時沒有喝茶了。王媽，王媽！咦！這王媽怎麼不答應人呢？」

逸雲下了炕說：「我去倒茶去。」就往外跑。慧生說：「你真聽迷了，那裡有王媽呢？」德夫人說：「不是出店的時候，他跟著的嗎？」慧生又大笑。環翠說：「德太太，儜忘記了，不是我們出嶽廟的時候，他嚷頭疼的了不得，所以打發他回店去，就順便叫人送行李來的嗎？不然這鋪蓋怎樣會知道送來呢？」德夫人說：「可不是，我真聽迷糊了。」慧生又問：「你們談的怎麼這麼有勁？」德夫人說：「我告訴你罷，我因為這逸雲有文有武，又能幹，又謙和，真愛極了！我想把他……」

說到這裡，逸雲笑嘻嘻的提了一壺茶進來說：「我真該死！飯後沖了一壺茶，擱在外間桌上，我竟忘了取進來，都涼透了！這新泡來的，儜喝罷。」左手拿了幾個茶碗，一一斟過。逸雲既來，德夫人適才要說的話，自然說不下去，略坐一刻，就各自睡了。

天將欲明，逸雲先醒，去叫人燒了茶水、洗臉水，招呼各人起來，煮了幾個雞蛋，燙了一壺熱酒，說：「外邊冷的厲害，吃點酒擋寒氣。」各人吃了兩杯，覺得腹中和暖，其時東方業已發白，德夫人、環翠坐了小轎，披了皮斗篷，環翠本沒有，是慧生不用借給他的。慧生、老殘步行，不遠便到了日觀峰亭子等日出。看那東邊天腳下已通紅，一片朝霞，越過越明，見那地下冒出一個紫紅色的太陽牙子出來。逸雲指道：「儜瞧那地邊上有一條明的跟一條金絲一樣的，相傳那就是海水。」只說了兩句話，那太陽已半輪出地了。只可恨地皮上面，有條黑雲像帶子一樣橫著，那太陽才出地，又鑽進黑帶子裡去，再從黑帶子裡出來，輪腳已離了地，那一條金線也看不見了。德夫人說：「我們去罷。」回頭向西，看了丈人峰、捨身岩、玉皇頂，到了秦始皇沒字碑上，摩挲了一會兒。原來這碑並不是個石片子，竟

泰山頂上的無字碑照片。約攝於1939年。（圖片來源：《亞東印畫輯》第11冊）

泰山頂上的〈紀泰山銘〉照片，約攝於1929年。（圖片來源：《亞東印畫輯》第6冊）

是疊角斬方的一枝石柱，上面竟半個字也沒有。再往西走，見一個山峰，彷彿劈開的半個饅頭，正面磨出幾丈長一塊平面，刻了許多八分書※16。逸雲指著道：「這就是唐太宗的〈紀泰山銘〉※17。」旁邊還有許多本朝人刻的斗大字，如栲栳※18一般，用紅油把字畫裡填得鮮明照眼，書法大都學洪鈞殿試策子的，雖遠不及洪鈞的飽滿，也就肥大的可愛了。又向西走，回到天街，重入元寶店裡，吃了逸雲預備下的湯麵，打了行李一同下山。出天街，望南一拐，就是南天門了；出得南天門，便是十八盤。誰知下山比上山更屬可怕，轎夫走的比飛還快，一霎時十八盤已走盡，不到九點鐘，已到了斗姥宮門首，慧生抬頭一看，果然掛了大紅彩綢，一對宮燈，其時大家已都下了轎子，老殘把嘴對慧生向彩綢一努，慧生說：「早已領教了。」彼此相視而笑。

兩個老姑子迎在門口，打過了稽首，進得客堂，只見一個杏仁臉兒，面著桃花，眼如秋水，瓊瑤鼻子，櫻桃口兒，年紀十五六歲光景，穿一件出爐銀顏色的庫緞※19袍子，品藍※20坎肩，庫金鑲邊有一寸多寬，滿臉笑容趕上來替大家請安，明知一定是靚雲了。正要問話，只見旁邊走上一個戴熏貂皮帽沿沒頂子的人，走上來向德慧生請了一安，又向眾人略為打了個千兒※21，還對慧生手中舉著「年愚弟宋瓊」的帖子，說：「敝上給德大人請安，說昨兒不知道大人駕到，失禮的很。接大人的信，敝上很怒，叫了少爺去問，原來都是虛誑※22，沒有的事。已把少爺申斥了幾句，說請大人萬安，不要聽旁人的閒話，今兒晚上請在衙門裡便飯，這裡挑選

註

※16八分書：爲秦代隸體的一種筆法，相傳爲王次仲所創。

※17紀泰山銘：在唐代開元十四年（西元七二六年）九月時，唐玄宗李隆基在泰山封禪之後所撰刻的銘文，該碑文位於泰山頂的大觀峰之上，記載了唐玄宗封禪的故事。又稱《東嶽封禪碑》。

※18栲栳：讀作「考老」。竹製或柳條製的盛物器。

※19庫緞：品質最佳的緞子。產於浙江杭縣、江蘇江寧縣等處。清代爲貢物，因入緞疋庫而得名。

※20品藍：略帶紅色的深藍色。

※21打千兒：是一種介乎作揖、下跪之間的禮節，清朝男子向人請安時，左膝前屈，右腿後彎，上身稍向前俯，右手下垂。

※22虛誑：虛假欺騙。

樣菜來，先請大人胡亂吃點。」

慧生聽了，大不悅意，說：「請你回去替你貴上請安，說送菜吃飯，都不敢當，謝謝罷。既說都是虛誑，不用說就是我造的謠言了，明天我們動身後，怕不痛痛快快奈何這斗姥宮姑子一頓嗎？既不准我情，我自有道理就是了。你回去罷！」那家人也把臉沉下來說：「大人不要多心，敝上不是這個意思。」回過臉對老姑子說：「你們說實話，有這事嗎？」慧生說：「你這不是明明當我面逞威風嗎？我這窮京宮，你們主人瞧不起，你這狗才也敢這樣放肆！我搖你主人不動，難道辦你這狗才也辦不動嗎？今天既是如此，我下午拜泰安府，請他先把你這狗才打了，遞解回籍，再向你們主人算帳！子弟不才，還要這麼護短。」回頭對老殘說：

清代三個男人的照片，兩旁站立者可能是下人身分，約攝於1874年。（圖片來源：Library of Congress）

「好好的一個人，怎樣做了知縣就把天良喪到這步田地！」那家人看勢頭不好，趕忙跪在地下磕頭。德夫人說：「我們裡邊去罷。」慧生把袖子一拂，竟往裡走，仍在靚雲房裡去坐。泰安縣裡家人知道不妥，忙向老姑子託付了幾句，飛也似的下山去了。暫且不提。

卻說德夫人看靚雲長的實在是俊，把他扯在懷裡，仔細撫摩了一回說：「你也認得字嗎？」靚雲說：「不多幾個。」問：「念經不念經？」答：「經總是要念的。」問：「念的什麼經？」答：「無非是眼面前幾部：《金剛經》、《法華經》※23、《楞嚴經》※24等罷了。」問：「經上的字，都認得嗎？」答：「那幾個眼面前的字，還有不認的嗎？」德夫人又一驚，心裡想，以為他年紀甚小，大約認不多幾個字，原來這些經都會念了，就不敢怠慢他，又問：「你念經，懂不懂呢？」

註

※23《法華經》：指《妙法蓮華經》，簡稱《法華經》。是大乘佛教重要典籍之一，主張一切眾生都能成佛。

※24《楞嚴經》：佛教典籍。《大佛頂如來密因修證了義諸菩薩萬行首楞嚴經》的簡稱。十卷。主張一切現象都是心的顯現，心是清淨妙體，眾生由於不知心的清淨玄妙，不悟一切現象皆是虛幻的而流轉生死，當修禪定而證悟解脫。

靚雲答：「略懂一二分。」德夫人說：「你要有不懂的，問這位鐵老爺，他都懂得。」老殘正在旁邊不遠坐，接上說：「大嫂不用冤人，我那裡懂得什麼經呢？」又因久聞靚雲的大名，要想試他一試，就兜過來說了一句道：「我雖不懂什麼，靚雲！你如要問也不妨問問看，碰得著，我就說；碰不著，我就不說。」靚雲正待要問，只見逸雲已經換了衣服，搽上粉，點上胭脂，走將進來；穿得一件粉紅庫緞袍子，卻配了一件元色※25緞子坎肩，光著個頭，一條烏金絲的辮子。靚雲說：「師兄偏勞了。」逸雲說：「豈敢，豈敢！」靚雲說：「師兄，這位鐵老爺佛理精深，德太太叫我有不懂的問他老人家呢。」逸雲說：「好，你問，我也沾光聽一兩句。」靚雲遂立向老殘面前，恭恭敬敬問道：「《金剛經》云：『若人滿三千大千世界七寶以用布施，其福德多，不如以四句偈語※26為他人說，其福勝彼。』※27請問那四句偈本經到底沒有說破？有

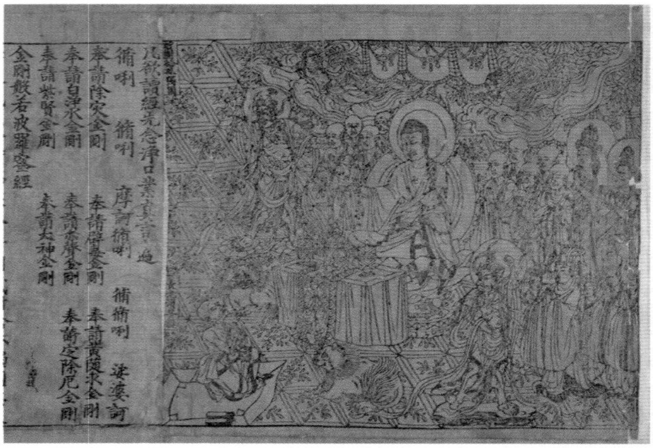

敦煌出土的唐代《金剛經》。

人猜是：『一切有為法，如夢幻泡影，如露亦如電，應作如是觀。』」※28老殘說：「問的厲害！一千幾百年註金剛經的都註不出來，你問我，我也是不知道。」逸雲

註

※25元色：可能指元青色或黑色。本書第十回「元玉」爲了避康熙(玄燁)的諱，才將「玄」改成「元」。此處可能也是如此，若是玄色，就是黑色。

※26四句偈語：偈，梵語gāth的音譯。意譯爲頌、諷頌。本爲梵語文學的贊歌、詩句。每偈由固定的音節的四句組成，音節的格式種類不一。在中國則用來指佛教修行者的宗教詩。

※27若人滿三千大千世界七寶以用布施，其福德多，不如以四句偈語爲他人說，其福勝彼：這句話出自《金剛經》，大意是說：如果有一個人用佈滿三千大千世界的七寶去布施結緣，這個人得到的福德果報將會非常多，如果有人能信奉《金剛經》即使只有裡面的四句偈語，爲他人講解說明，那麼這個人的福德果報比那個以七寶去布施的人更爲殊勝。

※28一切有爲法，如夢幻泡影，如露亦如電，應作如是觀：這四句偈出自《金剛經》。一切存在於世間上的所有的人事物都是虛幻的，如同虛幻的夢境、泡沫和影子一般稍縱即逝，也如露水和雷電，瞬間就消失無蹤，因此我們不應該執著於眼前所見的表象，而要勘破事物的眞相。這句話的意思是，所有存在於世間的人事物都是無常的，人有生老病死，動物亦然；物質的存在也會毀滅破壞，而人之所以會感到煩惱痛苦，就是因爲我們執著於眼前的表象。例如：我現在有一棟房子，總以爲若干年後房子依然會存在，殊不知房子也會隨時間而變得破舊甚至是毀壞了，屆時心就會無法接受而生起煩惱心。又比如說，我們都有父母親人，總以爲父母親人能永遠陪伴在我們身邊，殊不知他們也是會生老病死，當他們老死的時候，我們的心卻仍執著於他們生的時候，這時我們就會生起煩惱心。所以佛教認爲，人之所以有煩惱，就是因爲我們看不破一切現象界所存在的人事物皆是剎那生滅的，它們存在的時間就如雨露雷電一樣短暫，而我們卻以爲它們皆能永久存在，勘不破事情的眞理，因此而生起煩惱心。

笑道：「你要那四句，就是那四句，只怕你不要。」靚雲說：「為甚麼不要呢？」逸雲一笑不語，老殘肅然起敬的立起來，向逸雲唱了一個大肥喏※29，說：「領教得多了！」靚雲說：「你這話鐵老爺倒懂了，我還是不懂，為麼我不要呢？三十二分我都要，別說四句。」逸雲說：「為的你三十二分都要，所以這四句偈語就不給你了。」靚雲說：「我更不懂了。」老殘說：「逸雲師兄佛理真通達，你想六祖※30只要了『因無所住，而生其心』※31兩句，就得了五祖的衣缽，成了活佛。所以說『只怕你不要』。真正生花妙舌。」老殘因見逸雲非凡，便問道：「逸雲師兄，屋裡有客麼？」逸雲說：「我屋裡從來無客。」老殘說：「我想去看看許不許？」逸雲說：「你要來就來，只怕你不來。」老殘說：「我歷了無限劫，才遇見這個機會，怎肯不來？請你領路同行。」當真逸雲先走，老殘後跟。德夫人笑道：「別讓他一個人進桃源洞，我們也得分點仙酒飲飲。」說著大家都起身同去，就是這西邊的兩間北屋。進得堂門，正中是一面大鏡子，上頭一塊橫

禪宗六祖慧能。

匾，寫著「逸情雲上」四個行書字，旁邊一副對聯寫道：

妙喜如來福德相，
姑射仙人※32冰雪姿。

註

※29唱肥喏：作揖時鞠躬較深且口中稱謝，表示對對方的敬重。

※30六祖：此指禪宗南宗的第六代祖師慧能，又作惠能。（西元六三八至七一三年）俗姓盧，祖籍范陽（今河北省涿縣）。由禪宗五祖弘忍親授衣缽，世稱禪宗六祖。從慧能開始，南宗成爲禪宗的正統，自唐代以後成爲中國佛教的主流。

※31因無所住，而生其心：這句話出自《金剛經》，說：「不應住色生心，不應住聲、香、味、觸、法生心，應無所住而生其心。」這句話的意思是說，我們的心不應當執著色、聲、香、味、觸、法，而應當不執著，順著自己不染污、清靜的心去起心動念。我們的心原本是清淨的，只因爲感官知覺接受了外在的訊息以後，心從而產生了分別，有了分別之後就生出執著。舉個例子來說，我們看到一件好看的衣服，就會心生歡喜，進而想要將它據爲己有，這便是「有所住」，心有了執著。有了想要將它據爲己有的心，就會進一步採取行動，有人可能會努力錢去買，有的人則會去偷去搶，無論是何者，煩惱心由此而起。所以世間的一切煩惱，都是來自於我們的起心動念，如果心從一開始不去執著色、聲、香、味、觸、法，那麼所有的煩惱都不會產生，所以《金剛經》才說：「應無所住而生其心。」「無所住」就是不執著，當我看到一件好看的衣服時，只是認知到這是一件衣服，而心不生起喜歡或厭惡之心，這便是心不執著，這樣我們才能不令煩惱生起。

※32姑射仙人：出自《莊子．逍遙遊》，神話故事中住在姑射山上的仙人。後用以指美女。

只有下款「赤龍」二字，並無上款。慧生道：「又是他們弟兄的筆墨。」老殘說：「這人幾時來的？是你的朋友嗎？」逸雲說：「外面是朋友，內裡是師弟。他去年來的，在我這裡住了四十多天呢。」老殘道：「他就住在你這廟裡嗎？」逸雲道：「豈但在這廟裡，簡直住在我炕上。」德夫人忙問：「你睡在那裡呢？」逸雲笑道：「太太有點疑心山頂上說的話罷？我睡在他懷裡呢！」德夫人道：「那麼說，他竟是坐懷不亂的柳下惠[※33]嗎？」逸雲道：「柳下惠也不算得頭等人物，不過散聖罷咧，有什麼稀奇！若把柳下惠去比赤龍子，他還要說是貶他呢！」大家都伸舌頭。

姑射山圖，出自於清陳夢雷《古今圖書集成》。

德夫人走到他屋裡看看，原來不過一張炕，一個書桌，一架書而已，別無長物。卻收拾得十分乾淨，炕上掛了個半舊湖縐幔子，疊著兩牀半舊的錦被。德夫人說：「我乏了，借你炕上歇歇，行不行？」逸雲說：「不嫌骯髒，儜請歇著。」其時環翠也走進房裡來。德夫人說：「咱倆躺一躺罷。」慧生、老殘進房看了一看，也就退到外間，隨便坐下。慧生說：「剛才你們講的《金剛經》，實在講的好。」老殘道：「空谷幽蘭，真想不到這種地方，會有這樣高人，而且又是年輕的尼姑，外像彷彿跟妓女一樣。古人說：『蓮花出於污泥※34。』真是不錯的！」慧生說：「你昨兒心目中只有靚雲，今兒見了靚雲，何以很不著意似的？」老殘道：「我在省城只聽人稱贊靚雲，從沒有人說起逸雲，可知道曲高和寡呢！」慧生道：「就是靚雲，也就難為他了，才十五六歲的孩子家呢！……」

正在說話，那老姑子走來說道：「泰安縣宋大老爺來了，請問大人在那裡會？」慧生道：「到你客廳上去罷。」就同老姑子出去了，此地剩了老殘一個人，

註

※33柳下惠：即展禽。名獲，字季，又字禽。春秋時魯國人。生卒年不詳。因居於柳下邑，諡惠，故稱爲「柳下惠」。爲人誠信貞潔，坐懷不亂。所以經常用柳下惠比喻男子謹守禮教，不會亂搞男女關係。

※34蓮花出於污泥：出自宋代周敦頤的〈愛蓮說〉：「出淤泥而不染」。蓮花生長在泥沼裡，但開出的花朵卻美麗脫俗，絲毫沒有沾染泥沼中的惡臭混濁之氣，因此後世用蓮花比喻一個人品行高潔，不會受壞環境的影響。

看旁邊架上堆著無限的書，就抽一本來看，原來是本《大般若經》※35，就隨便看將下去。話分兩頭：慧生自去會宋瓊，老殘自是看《大般若經》。

卻說德夫人喊了環翠同到逸雲炕上，逸雲說：「儜躺下來我替儜蓋點被子罷。」德夫人說：「你來坐下，我不睡，我要問你，赤龍子是個何等樣人？」逸雲說：「我聽說他們弟兄三個，這赤龍子年紀最小，卻也最放誕不羈的。青龍子、黃龍子兩個呢，道貌嚴嚴，雖然都是極和氣的人，可教人一望而知他是有道之士。若赤龍子，教人看著說不出個所以然來，嫖賭吃著，無所不為；官商士庶，無所不交。同塵俗人處，他一樣的塵俗；同高雅人處，他又一樣的高雅，並無一點強勉處，所以人都測

尼泊爾《大般若經》的彩繪圖，繪於1511年。

不透他。因為他同青龍、黃龍一個師父傳授的，人也不敢不敬重他些，究竟知道他實在的人很少。去年來到這裡，同大家夥兒嘻嘻呵呵的亂說，也是上山回來在這裡吃午飯，師父留他吃晚飯。晚飯後師父同他談的話就很不少。師父說：『你就住在這裡罷。』他說：『好，好！』師父說：『儜願意一個人睡，願意有人陪你睡？』他說：『都可以。』師父說：『兩個人睡，你叫誰陪你？』他說：『叫逸雲陪我。』師父打了個楞，接著就說：『好，好！』師父就對我說：『你意下何如？』我心裡想，師父今兒要考我們見識呢，我就也說：『好，好！』從那一天起，就住了有一個多月，白日裡他滿山去亂跑，晚上圍一圈子的人聽他講道，沒有一個不是喜歡的了不得，所以到底也沒有一個人說一句閒話，並沒有半點不以為然的意思。到了極熟的時候，我問他道：『聽說你老人家窯※36子裡頗有相好的，想必也都是有

註

※35《大般若經》：原名《大般若波羅蜜多經》。凡六百卷。簡稱《大般若經》。唐代玄奘翻譯。收於《大正藏》第五至七冊。全經旨在說明以人之有限心所認識與面對的一切現象，都是因緣聚合而成，因緣條件和合即有，因緣條件消散即無，是剎那生滅的，不是眞實永恆不變的，所以是虛假。唯有通過「般若」對世俗眞相之認識，才能把握絕對的眞理，達到覺悟解脫之境。

※36窯子：妓院的俗稱。

名無實罷？』他說：『我精神上有戒律，形骸上無戒律，都是因人而施，譬如你清我也清，你濁我也濁。或者妨害人或者妨害自己，都做不得，這是精神上戒律。若兩無妨礙，就沒什麼做不得，所謂形骸上無戒律。……』」

正談得高興，聽慧生與老殘在外間說話，德夫人惦記廟裡的事，趕忙出來問：「怎樣了？」慧生道：「這個東西初起還力辯其無，我說子弟倚父兄勢，凌逼平民，必要鬧出大案來。這件事以情理論，與強姦閨女無異，幸尚未成，你還要竭力護短。俗語說得好：『要得人不知，除非己莫為。』閣下一定要縱容世兄，我也不必曉舌※37，但看御史參起來，是壞你的

清末北京道士照片。

官，是壞我的官？不瞞你說，我已經寫信告知張宮保※38說：途中聽人傳說有這一件事，不知道確不確，請他派人密查一查。你管教世兄也好，不管教也好，我橫豎明日動身了。他聽了這話，才有點懼怕，說：『我回衙門，把這個小畜生鎖起來。』我看鎖雖是假的，以後再鬧，恐怕不敢了。」德夫人說：「這樣最好。」靚雲本隨慧生進來的，上前忙請安道謝。

究竟宋少爺來與不來，且聽下回分解。

註

※37嘵舌：多言的樣子。嘵，讀作「消」。多言的樣子。

※38張宮保：即張曜，（西元一八三二至一八九一年），字亮臣，號朗齋，順天府大興人，清朝官員。曾任廣西巡撫、山東巡撫，死後贈太子太保，諡勤果。編註者按：有版本「張宮保」作「莊公保」，此處「莊勤果」，皆指張曜。

第六回　斗姥宮中逸雲說法　觀音庵裡環翠離塵

話說靚雲聽說宋公已有懼意，知道目下可望無事，當向慧生夫婦請安道謝。少頃老姑子也來磕頭，慧生連忙攙※1起說：「這算怎樣呢，值得行禮嗎？可不敢當！」老姑子又要替德夫人行禮，早被慧生抓住了，大家說些客氣話完事。逸雲卻也來說：「請吃飯了。」一眾人回至靚雲房中，仍舊昨日坐法坐定，只是青雲不來，換了靚雲，今日是靚雲執壺，勸大家多吃一杯。德夫人亦讓二雲吃菜飲酒，於是行令猜枚，甚是熱鬧。瞬息吃完，席面撤去。

德夫人說：「天時尚早，稍坐一刻，下山如何？」靚雲說：「停五點鐘走到店，也黑不了天，我

一張正在用餐的清代老照片，約攝於1900年。（圖片來源：Library of Congress）

看儜今兒不走，明天早上去好不好？」德夫人說：「人多不好打攪的。」逸雲說：「有的是屋子，比山頂元寶店總要好點。我們哥兒倆屋子讓儜四位睡，還不夠嗎？我們倆同師父睡去。」德夫人說：「你們走了，我們圖什麼呢？」逸雲說：「那我們就在這裡伺候也行。」德夫人戲說道：「我們兩口子睡一間屋。」指環翠說：「他們兩口子睡一間屋。」問逸雲：「你睡在那裡呢？」逸雲說：「我睡在儜心坎上。」德夫人笑道：「這個無賴，你從昨兒就睡在我心上，幾時離開了嗎？」大家一齊微笑。

德夫人又問：「你幾時剃辮子呢？」逸雲搖頭道：「我今生不剃辮子了。」德夫人說：「不是這廟裡規定三十歲就得剃辮子嗎？」答道：「也不一定，倘若嫁人走的呢，就不剃辮子了。」問：「你打算嫁人嗎？」答：「不是這個意思，我這些年替廟裡掙的功德錢雖不算多，也夠贖身的分際了，無論何時都可以走。我目下為的是自己從小以來，凡有在我身上花過錢的人，我都替他們念幾卷消災延壽經，稍盡我點報德的意思。念完了我就走，大約總在明年春夏天罷。」

註

※1摻：持、握住。

德夫人說：「你走，可以到我們揚州去住幾天，好不好呢？」逸雲說：「很好，我大約出門先到普陀山※2進香，必走過揚州，儜開下地名來我去瞧儜去。」老殘說：「我來寫，儜給管筆給張紙。」靚雲忙到抽屜裡取出紙筆遞與老殘，老殘就開了兩個地名遞與逸雲說：「儜也惦記著看看我去呀！」逸雲說：「那個自然。」又談了半天話，轎夫來問過數次，四人便告辭而去。送了打攪費二十兩銀子，老姑子再三不肯收，說之至再，始強勉收去。老姑子同逸雲、靚雲送出廟門而歸。

普陀山斷崖上的禪寺照片。（圖片來源：《亞東印畫輯》第10冊）

這裡四人回到店裡，天尚未黑，德夫人把山頂與逸雲說的話一一告訴了慧生與老殘，二人都贊歎逸雲得未曾有。慧生問夫人道：「可是呢，你在山頂上說愛極了他，你想把他怎樣，後來沒有說下去。到底你想把他怎樣？」德夫人說：「我想把他替你收房。」慧生說：

「感謝之至，可行不行呢？」夫人道：「別想吃天鵝肉了，大約世界上沒有能中他的意了。」慧生道：「這個見解倒也是不錯的，這人做妾未免太褻瀆了，可是我卻不想娶這麼一個妾，到真想結交這麼一個好朋友。」

老殘說：「誰不是這麼想呢？」環翠說：「可惜前幾年我見不著這個人，若是見著，我一定跟他做徒弟去。」老殘說：「你這話真正糊塗，前幾年見著他，他正在那裡熱任三爺呢，有啥好處？況且你家道未壞，你家父母把你當珍寶一樣的看待，也斷不放你出家，倒是此刻卻正是個機會，逸雲的道也成了，你的辛苦也吃夠了，你真要願意，我就送你上山去。」環翠因提起他家舊事，未免傷心，不覺淚如雨下，掩面啜泣。聽老殘說道送他上山，此時卻答不出話來，只是搖頭。德夫人道：「他此時既已得了你這麼個主兒，也就離不開了。」

正在說話，只見慧生的家人連貴進來回話，立在門口不敢做聲。慧生問：「你來有什麼事？」連貴稟道：「昨兒王媽回來就不舒服得很，發了一夜的大寒熱，

註

※2普陀山：位於浙江定海縣東海中之舟山群島。又稱補陀山、補陀洛迦山、梅岑山、小白花山。與五臺山、峨眉山、九華山並稱我國佛教四大名山。

今兒一天沒有吃一點什麼，只是要茶飲；老爺車上的轅騾※3也病倒了，明日清早開車恐趕不上。請老爺示下，還是歇半天，還是怎麼樣？」慧生說：「自然歇一天再看，騾子叫他們趕緊想法子。王媽的病請鐵老爺瞧瞧，抓劑藥吃吃。」正要央求老殘，老殘說：「我此刻就去看。」站起身來就走。少頃回來對慧生說：「不過冒點風寒，一發散就好了。」

此時店家已送上飯來，卻是兩分，一分是本店的，一分是宋瓊送來的。大家吃過了晚飯，不過八點多鐘，仍舊坐下談心。德夫人說：「早知明日走不成功，不如今日住在斗姥宮了，還可同逸雲再談一晚上。」慧生說：「這又何難，明日再去花上幾個轎錢，有限的很。」老殘道：「我看逸雲那人灑脫的很，不如明天竟請他來，一定做得到的。我正有話同他商量呢。」慧生說：「也好，今晚寫封信，我們兩人聯名請他來，今晚交與店家，明日一早送去。」老

清代醫生正在幫小孩看病。（圖片來源：Wellcome Collection）

殘說：「甚好，此信你寫我寫？」慧生說：「我的紙筆便當，就是我寫罷。」當時寫好交與店家收了，明日一早送去。

老殘遂對環翠道：「你剛才搖頭，沒有說話，是什麼意思？我對你說罷：我不是勒令要你出家，因為你說早幾年見他，一定跟他做徒弟，我所以說早年是萬不行的，惟有此刻倒是機會，也不過是據理而論，其實也是做不到的事情。何以呢，其餘都無難處，第一條：現在再要你去陪客，恐怕你也做不到了；若說逸雲這種人真是機會難遇，萬不可失的，其如廟規不好何？」環翠說：「我想這一層倒容易辦，他們凡剃過頭的就不陪客，倘若去時先剃頭後去，他就沒有法子了。只是有兩條萬過不去的關頭：第一，承你從火水中搭救我出來，一天恩德未報，我萬不能出家，於心不安；第二，我還有個小兄弟帶著，交與誰呢？所以我想只有一個法子，明天等他來，無論怎樣，我替他磕個頭，認他做師父，請他來生來度我，或者我伺候你老人家百年之後，我去投奔他。」

老殘道：「這倒不然，你說要報恩，你跟我一世，無非吃一世用一世，那會報

註

※3 轅騾：駕車的騾子。轅，車前用來套駕牲畜的兩根直木，左右各一。

得了我的恩呢？倘若修行成道，那時我有三災八難※4，你在天上看見了，必定飛忙來搭救我，那才是真報恩呢。或者竟來度我成佛作祖，亦未可知。至於你那兄弟更容易了，找個鄉下善和老兒，我分百把銀子替他置個二、三十畝地，就叫善和老兒替他管理撫養成人，萬一你父親未死，還有個會面的日期。只是你年輕的人，守得住守不住，我不能知道，是一難；逸雲肯收留你不肯收留你，是第二難。且等明日逸雲到來，再作商議。」德夫人道：「鐵叔叔說的十分有理，且等逸雲到來再議罷。」大家又說了些閒話，各自歸寢。

次日八點鐘，諸人起來，盥漱方畢，那逸雲業已來到。四人見了異常歡喜，先各自談了些閒話，便說到環翠身上。把昨晚議論商酌的話，一一告知逸雲。

逸雲又把環翠仔細一看，說：「此刻我也不必說客氣話了，鐵姨奶奶也是個有

大三災是指「風災」、「火災」、「水災」。小三災是指「刀兵」、「饑饉」、「疫癘」。圖為描繪1783年日本天明大饑荒的畫作。

根器※5的人，你們所慮的幾層意思，我看都不難，只有一件難處，我卻不敢應承。我先逐條說去：第一條我們廟裡規矩不好，是無妨礙的；你也不必先剪頭髮，明道不明道，關不到頭髮的事。我們這後山，有個觀音菴※6，也是姑子廟，裡頭只有兩個姑子，老姑子叫慧淨，有七十多歲，小姑子叫清修，也有四十多歲了，這兩個姑子皆是正派不過的人，與我都極投契；不過只是尋常吃齋念佛而已，那佛菩薩的精義，他卻不甚清楚。在觀音菴裡住，是萬分妥當的。

第二條，他的小兄弟的話呢，也不為難；我這傲來峰腳下有個田老兒，今年六十多歲了，沒有兒子。十年前他老媽媽勸他納個妾，他說：『沒有兒子將來隨便抱一個就是了。若是納了妾，我們這家人家，今兒吵，明兒鬧，可就過不成安穩日子了。你留著俺們兩個老年人多活幾年罷。況且這納妾是做官的人們做的事，豈是我們鄉農好做得嗎？』因此他家過得十分安靜，從去年常託我替他找個小孩子。他

註

※4三災八難：三災，原指佛教所說的大小三災。八難，原指影響佛求道的八道障礙。三災八難後用以形容多病痛、多災難。

※5根器：指人的秉賦、氣質。

※6菴：僧尼供佛的小寺廟。同「庵」。

很信服我，非我許可的他總不要，所以到今兒還沒選著。他家有二三百畝地的家業，不用貼他錢，他也是喜歡的，只是要姓他的姓。不怕等二老歸天後再還宗，或是兼祧※7兩姓俱可。」

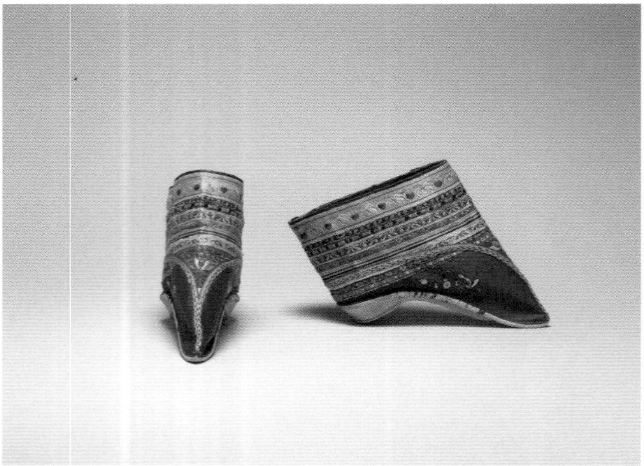

清代的纏足鞋子。（圖片來源：The Metropolitan Museum of Art）

環翠說道：「我家本也姓田。」逸雲道：「這可就真巧了。第三層，鐵老爺，你怕你姨太太年輕守不住，這也多慮，我看他一定不會有邪想的。你瞧他眼光甚正，外平內秀，決計是仙人墮落，難已受過，不會再落紅塵的了。以上三件，是你們諸位所慮的，我看都不要緊。只是一件甚難，姨太太要出家是因我而發，我可是明年就要走的人。把他一個人放在個荒涼寂寞的姑子菴裡，未免太苦。倘若可以明道呢，就辛苦幾年也不算事。無奈那兩個姑子只會念經吃素，別的全不知道。與其

清代裹腳婦女和女兒的合照，攝於1890年代。

苦修幾十年，將來死了不過來生變個富貴女人，這也就大不合算了！倒不如跟著鐵老爺，還可講幾篇經，說幾段道，將來還有個大澈大悟的指望，這是一個難處。若說教我也不走，在這裡陪他，我卻斷做不到，不敢欺人。」

環翠道：「我跟師父跑不行嗎？」逸雲大笑道：「你當做我出門也像你們老爺，僱著大車同你坐嗎？我們都是兩條腿跑，夜裡借個姑子廟住住，有得吃就吃一頓，沒得吃就餓一頓，一天儘量我能走二百多里地呢。你那三寸金蓮，要跑起來怕到不了十里，就把你累倒了！」環翠沉吟了一會，說：「我放腳行不行？」逸雲也沉吟了一會，對老殘說道：「鐵爺，你意下何如？」

註

※7兼祧：宗法上稱一子繼承兩房。

老殘道：「我看這事最要緊的是你肯提挈※8他不肯，別的都無關係。」環翠此刻忽然伶俐，也是他善根發動，他連忙跪到逸雲眼前，淚流滿面說：「無論怎樣都要求師父超度。」逸雲此刻竟大剌剌※9的也不還禮，將他拉起說：「你果然一心學佛，也不難。我先同你立約；第一件到老姑子廟後，天天學走山道，能把這崎嶇山道走得如平地一般，你的道就根基立定了。將來我再教你念經說法。大約不過一年的恨苦，以後就全是樂境了。古人云：『十月胎成。』※10也大概不錯的，你再把主意拿定一定。」

環翠道：「主意已定，同我們老爺意思一樣。只要跟著師父，隨便怎樣，我斷無悔恨就是了。」老殘立起身來，替逸雲長揖說：「一切拜託。」逸雲慌忙還禮說：「將來靈山會上，我再

佛教靈山會圖，繪於1834年。

問儜索謝儀罷。」老殘道：「那時候還不知道誰跟誰要謝儀呢？」大家都笑了。

環翠立起來替慧生夫婦磕了頭道：「蒙成就大德。」末後替老殘磕頭，就淚如雨下說：「只是對不住老爺到萬分了。」老殘也覺淒然，隨笑說道：「恭喜你超凡入聖，幾十年光陰迅速，靈山再會，轉眼的事情。」德夫人也含著淚說：「我傷心就不能像你這樣，將來倘若我墮地獄，還望你二位早來搭救。」逸雲說：「德夫人卻萬不會下地獄。只是有一言奉勸，不要被富貴拴住了腿要緊！後會有期。」

老殘忙去開了衣箱，取出二百兩銀子交與逸雲設法布置，又把環翠的兄弟叫來，替逸雲磕頭。逸雲收了一百兩銀子說：「儘夠了。不過田老兒處備分禮物，觀音菴捐點功德，給他自己置備四季道衣，如此而已。」德慧生說：「我們也送幾個錢，表表心意。」同夫人商酌，夫人說：「也是一百兩罷。」逸雲說：「都用不著了，出家人要多錢做什麼？」

註

※8提挈：提拔、照顧。

※9大剌剌：大模大樣。

※10十月胎成：女子懷胎需要十個月。

店家來問開飯，慧生說：「開罷。」飯後，逸雲說：「我此刻先去到田老兒同觀音菴兩處說妥了，再來回信，究竟也得人家答應，才能算數呢。」道了一聲，告辭去了。

這裡老殘一面替環翠收拾東西，一面說些安慰話，環翠哭得淚人兒似的，哽咽不止。德夫人也勸道：「在旁的人萬不肯拆散你們姻緣，只因為難得有這麼一個逸雲，我實在是沒法，有法我也同你去了。」環翠含淚道：「我知道是好事，只是站在這裡就要分離，心上好像有萬把鋼刀亂扎一樣，委實難受！」慧生道：「明年逸雲朝南海，必定到我們那裡去，你一定隨同去的，那時就可以見面，何必傷心呢？」過了一刻，環翠也收住了淚。

太陽剛下山的時候，逸雲已經回來，對環翠說：「兩

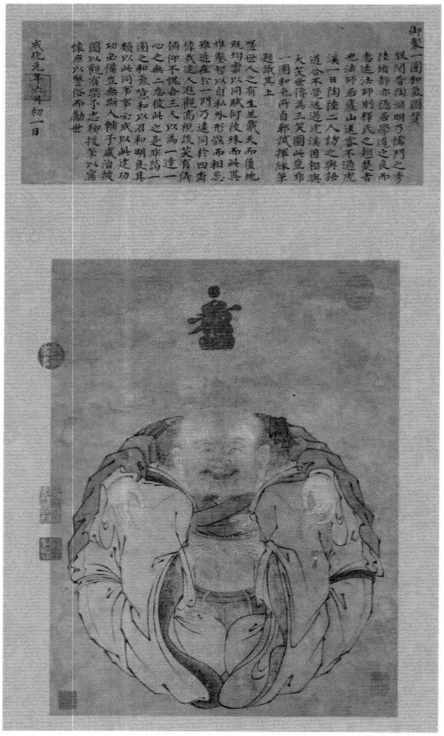

明憲宗朱見深畫的《一團和氣》圖，表達儒釋道三教合一的思想。

處都說好了，明日我來接你罷。」德夫人問：「此刻你怎樣？」逸雲說：「我回廟裡去。」德夫人說：「明日我們還要起身，不如你竟在我們這兒睡一夜罷。本來是他們兩個官客睡一處，我們兩個堂客睡一處的，你竟陪我談一夜罷。你肯度鐵奶奶，難道不肯度我德奶奶嗎？」逸雲笑道：「那也使得，儜這個德奶奶已有德爺度你了。自古道：『儒、釋、道三教』，沒有你們德老爺度他，他總不能成道的。」德夫人道：「此話怎講？」

逸雲道：「『德』字為萬教的根基，無德便是地獄。種子有德，再從德裡生出慧來，沒有一個不成功的了。」德夫人道：「那不過是個名號，那裡認得真呢？」逸雲說：「名者，命也，是有天命的。他怎麼不叫德富、德貴呢？可見是有天命的了，我並非當面奉承，我也不騙錢花，你們三位將來都要證果※11的，不定三教是那一教便了。」德夫人說：「我終不敢自信，請你傳授口訣，我也認你做師父。」逸雲道：「師父二字語重，既是有緣，我也該奉贈一個口訣，讓儜依我修行。」

德夫人聽了歡喜異常，連忙扒下地來就磕頭喊師父。

註

※11證果：佛教謂修行者證悟眞理，成爲聖者，即佛教四果、十地、佛中的任一種境界都屬之。

逸雲也連忙磕頭說：「可折死我了。」二人起來，逸雲說：「請眾人迴避。」三人出去，逸雲向德夫人耳邊說了個「夫唱婦隨」四個字。德夫人詫異道：「這是口訣嗎？」逸雲道：「口訣本係因人而施，若是有個一定口訣，當年那些高真上聖早把他刻在書本子上了。你緊記在心，將來自有個大澈大悟的日子，你就知道不是尋常的套話了。佛經上常說：『受記成佛』※12，你能受記，就能成佛；你不受記，就不能成佛。你們老爺現在心上已脫塵網，不出三年必棄官學道，他的覺悟在你之先。此時不可說破。你總跟定他走，將來不是一個馬丹陽※13、一個孫不二※14嗎？」德夫人凝了一會神，說：「師父真是活菩薩，弟子有緣，謹受記，不敢有忘。」又磕了一個頭。

其時外間晚飯已經開上桌子，王媽竟來伺候。德夫人說：「你病好了嗎？」王媽說：「昨夜吃了鐵爺的藥，出了一身汗，今日全好了；上午吃了一碗小米稀飯，一個饅頭，這會子全好了。」

161

馬鈺畫像，清洪應明《仙佛奇蹤》插圖。

當時五人同坐吃飯，德慧生問逸雲道：「儜何以不吃素？」逸雲說：「我是吃素，佛教同你們儒教不同，例得吃素。」慧生說：「我看你同我們一樣吃的是葷哩。」逸雲說：「六祖隱於四會※15獵人中，常吃肉邊菜。請問肉鍋裡煮的菜算葷算素？」慧生說：「那自然算葷。」逸雲說：「六祖他卻算吃素，我們在斗姥宮終日陪客，那能吃素呢？可是有客時吃葷，無客時吃素，儜沒留心我在葷碗裡仍是夾素菜吃？」環翠說道：「當真我倒留心的，從沒見我師父吃過一塊肉同魚蝦之類。」逸雲道：「這也是世出世間法裡的一端。」

禪宗六組慧能畫像。

註

※12受記成佛：佛陀爲弟子們預言，將來會成佛的時間。

※13馬丹陽：馬鈺（西元一一二三至一一八三年），初名從義，字宜甫，更名鈺，字玄寶，號丹陽子，陝西扶風人。，道教全眞道北七眞之一，全眞道遇仙派的創立者。

※14孫不二：馬丹陽的妻子。孫不二（西元一一一九至一一八二年）。姓孫，名富春，志童，法名不二，號清靜散人，或稱孫仙姑。金代寧海縣（今山東牟平）人。

※15四會：四方會集。

老殘問道：「倘若竟吃肉，行不行呢？」逸雲道：「有何不可，倘若有客逼我吃肉，我便吃肉，只是我不自己找肉吃便了。若說吃肉，當年濟顛[※16]祖師還吃狗肉呢？也擋不住成佛。地獄裡的人吃長齋的，不計其數。總之，吃葷是小過犯，不甚要緊。譬如女子失節，是個大過犯，比吃葷重萬倍，試問你們姨太太失了多少節了？這罪還數得清嗎？其實，若認真從此修行，同那不破身的處子毫無分別。因為失節不是自己要失的，為勢所迫，出於不得已，所以無罪。」大家點頭稱善。

飯畢之後，連貴上來回道：「王媽病已好了，轎騾又換了一個，明天可以行了。請老爺示下，明天走不走呢？」慧生看德夫人，老殘說：「自然是走。」德夫人說：「明天再住一天何如？」老殘說：「千里搭涼棚，終無不散的筵席。」逸雲說：「依我看，明天午後走罷。清早我先同鐵老爺、奶奶送田頭兄弟到田老莊上，去後同鐵老爺到觀音菴，都安置好了停再走，鐵老爺也放心些。」大家都說甚是。

濟公像，出自清《西湖拾遺》。

一宿無話。次日清晨，老殘果隨逸雲將環翠兄弟送去，又送環翠到觀音菴，見了兩個姑子，囑託了一番，老姑子問：「下髮不下呢？」逸雲說：「我不主剃頭的，然佛門規矩亦不可壞。」將環翠頭髮打開剪了一綹※17，就算剃度了，改名環極。

諸事已畢，老殘回店，告知慧生夫婦，贊歎不絕。隨即上車起行，無非「荒村雨露眠宜早，野店風霜起要遲」※18。八九日光陰，已到清江浦※19。老殘因有個親戚住在淮安府※20，就不同慧生夫婦同道，逕一車拉往淮安府去。這裡慧生夫婦僱了一個三艙大南灣子，逕往揚州去。

未知後事如何，且聽下回分解。

註

※16濟顛：宋代的高僧，俗名李心遠，臺州（今浙江臨海境內）人。初於杭州靈隱寺出家，後移居淨慈寺。平日嗜食酒肉，不守戒律，舉止如痴似狂，故稱爲「濟顛」。

※17綹：讀作「柳」。量詞。計算絲、線、髮、鬚等的單位。

※18荒村雨露眠宜早，野店風霜起要遲：出自元代王實甫《西廂記》。這兩句是說：荒郊野外晚上多雨露，要早點休息；在郊外的客棧過夜，清晨時多風霜，所以要晚點起床，免得遭受風寒。

※19清江浦：今江蘇省淮安市清江浦區。

※20淮安府：今江蘇省長江以北境內兩府（淮安府與揚州府）之一。

第七回　銀漢浮槎仰瞻月姊　森羅寶殿伏見閻王

一張私人庭院「揚州徐園」的照片，徐園建於清末，照片約攝於1930年。（圖片來源：《亞細亞大觀》第7冊）

話說德慧生攜眷自赴揚州去了，老殘卻一車逕拉到淮安城內投親戚。你道他親戚是誰？原來就是老殘的姊丈。這人姓高名維，字曰摩詰。讀書雖多，不以功名為意。家有田原數十頃，就算得個小小的富翁了。住在淮安城內勺湖邊上。這勺湖不過城內西北角一個湖，風景倒十分可愛。湖中有個大悲閣，四面皆水；南面一道板橋有數十丈長，紅欄圍護；湖西便是城牆。城外帆檣※1林立，往來不斷，到了薄暮時候，女牆※2上露出一角風帆，掛著通紅的夕陽，煞是入畫。

這高摩詰在這勺湖東面，又買了一塊地，不過一畝有餘，圈了一個槿籬，蓋了幾間茅屋，名叫「小輞川園」。把那湖水引到園中，種些荷花，其餘隙地，種些梅花桂花之類，卻用無數的小盆子，栽月季花。這淮安月季，本來有名，種數極多，大約有七、八十個名頭，其中以藍田碧玉為最。那日老殘到了高維家裡，見了他的胞姊。姊弟相見，自然格外的歡喜。

坐了片刻，外甥男女都已見過，卻不見他姊丈。便啟口問道：「姊丈哪裡去了？想必又到哪家赴詩社去了罷。」他大姊道：「沒有出門，想必在他小輞川園裡呢。」老殘道：「姊丈真是雅人，又造了一個花園了。」大姊道：「咦，哪裡是什麼花園呢，不過幾間草房罷了。就在後門外，不過朝西北上去約一箭※3多遠就到了。叫外甥小鳳引你去看罷。昨日他的『藍田碧玉』※4開了一朵異種，有碗口大，

註

※1帆檣：掛帆幔的桅竿。

※2女牆：古代城牆上面呈凹凸形狀的矮牆。缺口多作射孔，可用於禦敵。

※3一箭：一箭的射程。比喻不遠的路程、距離。

※4藍田碧玉：月季花的品種之一，清《月季花譜》記述：「色白，瓣如羅衣而光亮，有折疊皺紋，近心之瓣有藍色閃光。」

清香沁人，比蘭花的香味還要清些。你來得正好，他必要捉你做詩哩。」老殘道：「詩雖不會做，一嘴賞花酒總可以擾得成了。」說著就同小鳳出了後門，往西不遠，已到門口。

進門便是一道小橋，過橋迎面有個花籬擋住，順著迴廊往北行數步，往西一拐，就到了正廳。上面橫著塊扁額，寫了四個大字是「散花斗室」。進了廳門，只見那高摩詰正在那裡拜佛。當中供了一尊觀音像，面前正放著那盆藍田碧玉的月季花。小鳳走上前去，看他拜佛起來說道：「二舅舅來了。」高維回頭一看，見了老殘，歡喜的了不得，說：「你幾時來的？」老殘說：「我剛才來的。」高維說：「你來得正好。你看我這花今年出的異種。你看這一朵花，總有上千的瓣子。外面看像是白的，細看又帶綠色，定神看下去，彷彿不知有若干遠似的。平常碧玉，沒有香味，這種卻有香，而又香得極清，連蘭花的香味都顯得濁了。」

老殘細細的聞了一回，覺得所說真是不

一張18世紀的月季花繪圖。

差。高維忙著叫小童煎茶，自己開廚取出一瓶碧蘿春※5來說：「對此好花，若無佳茗，未免辜負良朋。」老殘笑道：「這花是感你好詩來的。」高維道：「昨日我很想做兩首詩賀這花，後來恐怕把花被詩熏臭了，還是不做的好。你來倒是切切實實的做兩首罷！」老殘道：「不然，大凡一切花木，都是要用人糞做肥料的。這花太清了，用糞恐怕力量太大，不如我們兩個做首詩，譬如放幾個屁，替他做做肥料，豈不大妙！」二人都大笑了一回。此後老殘就在這裡，無非都是吃酒、談詩、養花、拜佛這些事體，無庸細述。

卻說老殘的家，本也寄居在他姊丈的東面，也是一個花園的樣子。進了角門有大荷花池。池子北面是所船房，名曰「海渡杯」。池子東面也是個船房——面前一棵紫藤，三月開花，半城都香——名曰「銀漢浮槎」。池子西面是一派五間的水榭，名曰「秋夢軒」。海渡杯北面，有一堂太湖石，三間蝴蝶廳。廳後便是他的家眷住居了。

老殘平常便住在秋夢軒裡面。無事時，或在海渡杯裡著棋，或在銀漢浮槎裡垂

註

※5碧蘿春：產於江蘇省洞庭東的一種綠茶，亦作「碧螺春」。

釣，倒也安閑自在。一日在銀漢浮槎裡看《大圓覺經》※6，看得高興，直到月輪西斜，照到槎外如同水晶世界一般，玩賞許久，方去安睡，自然一落枕便睡著了。夢見外邊來了一個差人模樣，戴著一頂紅纓大帽，手裡拿了許多文書，到了秋夢軒外間椅子上坐下。老殘看了，甚為詫異。心裡想：「我這裡哪得有官差直至臥室外間，何以家人並不通報？」正疑慮間，只見那差人笑吟吟的道：「我們敝上請你老人家去走一趟。」老殘道：「你是哪衙門來的，你們貴上是誰？」那差人道：「我們敝上是閻羅王。」

老殘聽了一驚，說道：「然則我是要死了嗎？」那差人答道：「是。」老殘道：「既是死期已到，就同你走。」那差人道：「還早著呢，我這裡今天傳的五十多人，你老人家名次在儘後頭呢！」手中就捧上一個單子上來。看真是五十多人，自己名字在三十多名上邊。老殘看罷說道：「依你說，

一幅17到18世紀的西藏閻羅王畫像。（圖片來源：The Metropolitan Museum of Art）

我該甚麼時候呢？」那差人道：「我是私情，先來給你老人家送個信兒，讓你老人家好預備預備，有要緊話吩咐家人好照著辦。我等人傳齊了再來請你老人家。」老殘說：「承情的很，只是我也沒有甚麼預備，也沒有什麼吩咐，還是就同你去的好。」那差人連說：「不忙，不忙。」就站起來走了。

老殘一人坐在軒中，想想有何吩咐，直想不出。走到窗外，覺得月明如畫，景象清幽，萬無聲籟，微帶一分悽慘的滋味。說道：「噯！我還是睡去罷，管他甚麼呢。」走到自己臥室內，見帳子垂著，牀前一雙鞋子放著。心內一驚說：「呀！誰睡在我床上呢？」把帳子揭開一看，原來便是自己睡得正熟。心裡說：「怎會有出兩個我來？姑且搖醒牀上的我，看是怎樣。」極力去搖，原來一毫也不得動。心裡明白，點頭道：「此刻站著的是真我，那牀上睡的就是我的屍首了。」不覺也墮了兩點眼淚，對那屍首說道：「今天屈你冷落半夜，明早就有多少人來哭你，我此刻就要少陪你了。」回首便往外走。

註

※6《大圓覺經》：全一卷。爲《大方廣圓覺修多羅了義經》之簡稱。又作《大方廣圓覺經》、《圓覺了義經》。全經主要說明大乘佛教的圓頓思想以及如何觀行實踐的方法。

煞是可怪，此次出來，月輪也看不見了，街市也不是這個街市了，天上昏沉沉的，像那刮黃沙的天氣將晚不晚的時候。走了許多路，看不見一個熟人，心中甚是納悶說：「我早知如此，我不如多賞一刻明月，等那差人回來同行，豈不省事。為啥要這麼著急呢？」

忽見前面有個小童，一跳一跳的來了。正想找他問個路，逕走到面前，原來就是周小二子。這周小二子是本宅東頭一個小戶人家的娃子，前兩個月吊死了的。老殘看見他是個熟人，心裡一喜，喊道：「你不是周小二子嗎？」那周小二子抬頭一看，說：「你不是鐵二老爺嗎？你怎麼到這裡來？」老殘便將剛才情形告訴說了一遍。

周小二子道：「你老人家真是怪脾氣。別人家賴著不肯死，你老人家著急要死，真是稀罕！你老人家此刻打算怎樣呢？」老殘道：「我要見閻羅王，認不得

19世紀日本畫家河鍋曉齋筆下的閻羅王。

路。你送我去好不好？」周小二子道：「閻羅王宮門我進不去，我送你到宮門口罷！」老殘道：「就是這麼辦，很好。」說著，不消費力，已到了閻羅王宮門口了。周小二子說道：「你老人家由這東角門進去罷。」老殘道：「費你的心，我沒有帶著錢，對不住你。」周小二子道：「不要錢，不要錢。」又一跳一跳的去了。

老殘進了東角門，約有半里多路，到了二門，不見一個人。又進了二門，心裡想道：「直往裡跑也不是個事。」又走有半里多路，見是個殿門，不敢造次，心想：「等有個人出來再講。」卻見東邊朝房※7裡走出一個人來。老殘便迎了上去，只見那人倒先作了個揖，口中說道：「補翁，久違的很了。」老殘仔細一看，見這人有五十多歲，八字黑鬚，穿了一件天青馬褂，彷彿是呢的，下邊二藍夾袍子。滿面笑容問道：「閣下何以至此？」老殘把差人傳訊的話說了一遍。

那人道：「差人原是個好意，不想你老兄這等性急，先跑得來了，沒法，只好還請外邊去散步一回罷。此刻是五神問案的時候，專訊問那些造惡犯罪的人呢。像你老兄這起案子，是個人命牽連，與你毫不相干，不過被告一口咬定，須要老兄

註

※7朝房：臣子等待上朝的地方。

到一到案就了結的。請出去遊玩遊玩，到時候我自來奉請。」老殘道了「費心」，逕出二門之外，隨意散步。

走到西角門內，看西面有株大樹，約有一丈多的圍圓，彷彿有一個人立在樹下。心裡想走上前去同他談談，這人想必也是個無聊的人。及至走到跟前一看，原來是個極熟的人。這人姓梁名海舟，是前一個月死的。老殘見了不覺大喜，喊道：「海舟兄，你在這裡嗎？」上前作了一個揖。那梁海舟回了半個揖。老殘道：「前月分手，我想總有好幾十年不得見面，誰想不過一個月，竟又會晤了，可見我們兩人是有緣分。只是怎樣你到今還在這裡呢，我不懂的很。」那梁海舟一臉的慘淡顏色，慢騰騰的答道：「案子沒有定。」

老殘道：「你有甚麼案子？怎會耽擱許久？」梁海舟道：「其實也不算甚事，欠命的命已還，那還有餘罪嗎？只是轇葛※8的了不得。幸喜我們五弟替了個人情，

14世紀韓國畫家筆下的閻羅王。

大約今天一堂可以定了。你是甚麼案子來的？」老殘道：「我也不曉得呢。適才裡面有個黑鬍子老頭兒對我說，沒有甚麼事，一堂就可以了案的。只是我不明白，你老五不是還活著沒有死嗎？怎會替你託人情呢？」梁海舟道：「他來有何用，他是託了一個有道的人來解散的。」

老殘點頭道：「可見還是道比錢有用。你想，你雖不算富，也還有幾十萬銀子家私，到如今一個也帶不來。倒是我們沒錢的人痛快，活著雙肩承一喙，死後一喙領雙肩，歇耗不了本錢，豈不是妙。我且問你，既是你也是今天可以了案的，案了之後，你打甚麼主意？」梁海舟道：「我沒有甚麼主意，你有甚麼主意嗎？」

老殘道：「有，有，有。我想人生在世是件最苦的事情，既已老天大赦，放我們做了鬼，這鬼有五樂，我說給你聽：一不要吃；二不要穿；三沒有家累；四行路便當，要快頃刻千里，要慢蹲在那裡，三年也沒人管你；五不怕寒熱，雖到北冰洋也凍不著我，到南海赤道底下也熱不著我。有此五樂，何事不可為？我的主意，

註

※8 轇轕：糾纏牽連，難以分解。轇，讀作「糾」。

明代畫家吳彬筆下的天台山。

被雲霧掩蓋住的峨嵋山頂照片。（圖片來源：《亞細亞大觀》第3冊）

今天案子結了，我就過江。先游天臺※9、雁宕※10，隨後由福建到廣東看五嶺的形勢，訪大庾嶺※11的梅花。再到桂林去看青綠山水。上峨嵋※12、上北順太行※13轉到西嶽※14，小住幾天，回到中嶽嵩山※15。玩個夠轉回家來，看看家裡人從我死後是個甚麼光景，託個夢勸他們不要悲傷。然後放開腳步子來，過瀚海※16，上崑崙，在崑崙山頂上最高的所在結個茅屋，住兩年再打主意。一個人卻也稍嫌寂寞，你同我結了伴兒好不好？」梁海舟只是搖頭說：「做不到，做不到。」

老殘以為他一定樂從，所以說得十分興高采烈。看他連連搖頭，心裡發急道：「你這個人真正糊塗！生前被幾兩銀子壓的氣也喘不得一口，焦思極慮的盤算，我勸了你多回決不肯聽；今日死了，半個錢也帶不來。好容易案子已了，還不應該快活快活嗎？難道你還去想小九九的算盤嗎？」只見那梁海舟也發了急，皺著眉頭瞪著眼睛說道：「你才直下糊塗呢。你知道銀子是帶不來的，你可知道罪孽是帶得來

註

※9天臺：即天台山，位於浙江省境內。

※10雁宕：即雁蕩山。位於浙江省溫州市樂清市雁蕩鎮雁山路上。

※11大庾嶺：位於江西省大庾縣南，五嶺之一，爲往來嶺南、嶺北間的交通要道，藏鎢礦，嶺上植梅。也稱爲「梅嶺」。

※12峨嵋：即峨嵋山。因爲兩座山峰相對似眉而得名。位於四川省峨眉縣西南。也作「峨眉山」。

※13太行：即太行山。起自河南省濟源市，向北綿延至北京市門頭溝區，全長約四百餘公里，山體若斷若續，山名隨地而異。是華北平原和黃土高原的分界，也是山西與河北、河南兩省的界山。

※14西嶽：華山的別名。位於陝西省華陰縣渭河盆地南，爲五嶽中的西嶽，也是最高的一座山，海拔高約二千二百公尺。

※15嵩山：中國五嶽中的中嶽。位於河南省鄭州市轄登封市北，爲秦嶺餘脈。長約六十公里。

※16瀚海：蒙古大沙漠。蒙古語稱沙漠爲「戈壁」，古稱「大漠」、「翰海」、「瀚海」。爲亞洲第二大沙漠，地表堅硬，多屬礫漠。

PEAK IN THE KUEN LUN RANGE.
DRAWN BY MAJOR STRUTT FROM A SKETCH BY R. B. SHAW.

崑崙山脈手繪插圖，出自於1871年羅伯特．巴克利．肖的《遊歷韃靼、莎車、喀什》。

的罷！銀子留下給別人用，罪孽自己帶來消受。我才說是這一案欠命的案定了，還有別的案子呢！我知道哪一天是了期？像你這快活老兒，吃了燈草灰，放輕巧屁哩！」老殘見他十分著急，知他心中有無數的懊惱，又看他面色慘白，心裡也替他難受，就不便說下去了。

正在默然，只見那黑鬚老頭兒在老遠的東邊招手，老殘慌忙去了，走到老頭兒面前。老頭兒已戴上了大帽子，卻還是馬褂子。心裡說道：「原來陰間也是本朝服飾。」隨那老頭兒進了宮門，卻仍是走東角門進。大甬道也是石頭鋪的，與陽間宮殿一般，似乎還要大些。走盡甬道，朝西拐彎就是丹墀※17了。上丹墀彷彿是十級。走到殿門中間，卻又是五級。進了殿門，卻偏西邊走約有十幾丈遠，又是一層臺子。從西面階級上去，見這臺子也是三道階路。上了階，就看見閻羅天子坐在正中公案上，頭上戴的冕旒※18，身上著的古衣冠，白面黑鬚，於十分莊嚴中卻帶幾分和藹氣象。離公案約有一丈遠的光景，那老者用手一指，老殘明白是叫他在此行禮了，就跪下匍匐在地。看那老者立在公案西首，手中捧了許多簿子。

只見閻羅天子啟口問道：「你是鐵英嗎？」老殘答道：「是。」閻羅又問：「你在陽間犯的何罪過？」老殘說：「不知道犯何罪過。」閻羅說：「豈有個自己犯罪自己不知道呢？」老殘道：「我自己見到是有罪過的事，自然不做。凡所做的皆自以為無罪的事。況且陽間有陽間律例，陰間有陰間的律例。陽間的律例，頒行天下，但凡稍知自愛的皆要讀過一兩遍，所以干犯國法的事沒有做過。至於陰間的律例，世上既沒有頒行的專書，所以人也無從趨避，只好憑著良心做去，但覺得無損於人，也就聽他去了。所以陛下問我有何罪過，自己不能知道，請按律定罪便了。」

閻羅道：「陰律雖無頒行專書，然大概與陽律彷彿。其比陽律加密之處，大

註

※17丹墀：屋宇前面沒有屋簷覆蓋的平臺，因古時多塗成紅色，故名。

※18冕旒：是古代最尊貴的一種禮帽。冕，禮帽。旒，禮帽前後端垂下的穿玉絲繩。

概佛經上已經三令五申的了。」老殘道：「若照佛家戒經科罪，某某之罪恐怕擢髮難數了。」閻羅天子道：「也不見得，我且問你，犯殺律嗎？」老殘道：「犯。既非和尚，自然茹葷。雖未擅宰牛羊，然雞鴨魚蝦，總計一生所殺，不計其數。」閻羅頷之。又問：「犯盜律否？」答曰：「犯。一生罪業，惟盜戒最輕。然登山摘果，涉水採蓮，為物雖微，究竟有主之物，不得謂非盜。」又問：「犯淫律否？」答曰：「犯。長年作客，未免無聊，舞榭歌臺，眠花宿柳，閱人亦多。」閻羅又問口、意等業，一一對答已畢。每問一事，那老者即舉簿呈閱一次，問完之後，只見閻羅回顧後面說了兩句話，聽不清楚。

卻見座旁走下一個人來，也同那老者一樣的裝束，走至老殘面前說：「請你起來。」老殘便立起身來。那人低聲道：「隨我來。」遂走公案前，繞至西距寶座不遠，旁邊

明代保寧寺的佛教繪畫，圖為「往古比丘尼女冠優婆塞夷諸士等眾」。

有無數的小椅子，排有三四層，看著彷彿像那看馬戲的起碼坐位差不多，只是都已有人坐在上面，惟最下一層空著七八張椅子。那人對老殘道：「請你在這裡坐。」老殘坐下，看那西面也是這個樣子，人已坐滿了。仔細看那坐上的人，煞是奇怪。男男女女參差亂坐，還不算奇。有穿朝衣朝帽的，有穿藍布棉襖褲的，還有光脊梁的；也有和尚，也有道士；也有極鮮明的衣服，也有極破爛的衣服，男女皆同。只是穿官服的少，不過一、二人，倒是不三不四的人多。

最奇第二排中間一個穿朝服旁邊椅子上，就坐了光脊梁赤腳的，只穿了一條藍布單褲子。點算西首五排，人大概在一百名上下。卻看閻羅王寶座後面，卻站了有六七十人的光景，一半男，一半女。男的都是袍子馬褂，靴子大帽子，大概都是水晶頂子花翎居多，也有藍頂子的，一兩個而已。女的卻都是宮裝。最奇者，這麼多的男男女女立站後面，都泥塑木雕的相仿，沒有一人言笑，也無一人左右顧盼。

老殘正在觀看，忽聽他那旁坐的低低問道：「你貴姓呀！」老殘回頭一看，原來也是一個穿藍布棉襖褲的，卻有了雪白的下鬚，大約是七、八十歲的人了，滿面笑容。老殘也低低答道：「我姓鐵呀。」那老翁又道：「你是善人呀。」老殘戲答道：「我不是善人呀。」那老者道：「凡我們能坐小椅子的，都是善人。只是善有大小，姻緣有遠近，我剛才看見西邊走了一位去做城隍了，又有兩位投生富貴家去了。」老殘問道：「這一堆子裡有成仙成佛的沒有？」那老翁道：「我不曉得，你等著罷，有了，我們總看得見的。」

正說話間，只見殿庭窗格也看不見了，面前丹墀也不是原來的樣子了，彷彿一片敞地，又像演武廳似的。那老翁附著老殘耳朵說道：「五神問案了。」當時看見殿前排了五把椅子，五張公案。每張公案面前，有一個差役站班，同知縣衙門坐堂的樣子彷佛。當真每個公堂面前，有一個牛頭，一個馬面，手裡俱拿著狼牙棒。又有五六個差役似的，手裡也

18世紀韓國的閻羅王殿想像畫。

拿著狼牙棒。怎樣叫做狼牙棒？一根長棒，比齊眉棒稍微長些，上頭有個骨朵※19，有一尺多長，茶碗口粗，四面團團轉都是小刀子如狼牙一般。那小刀子約一寸長三四分寬，直站在骨朵上。

那老翁對老殘道：「你看，五神問案悽慘得很！算計起來，世間人何必作惡，無非為了財色兩途，色呢，只圖了片時的快活；財呢，都是為人忙，死後一個也帶不走。徒然受這狼牙棒的苦楚，真是不值。」

說著，只見有五個古衣冠的人從後面出來，其面貌真是凶惡異常。那殿前本是天清地朗的，等到五神各人上了公座，立刻毒霧愁雲，把個殿門全遮住了，五神公座前面，約略還看得見些兒，再往前便看不見了。隱隱之中，彷彿聽見無數啼哭之聲似的。

未知後事如何，且聽下回分解。

註

※19骨朵：圓形突起的樣子。

第八回　血肉飛腥油鍋煉骨　語言積惡石磨研魂

約9到10世紀的閻羅王審判想像畫。

話說老殘在那森羅寶殿上面，看那殿前五神問案。只見毒霧愁雲裡，靠東的那一個神位面前，阿旁牽上一個人來。看官，你道怎樣叫做阿旁※1？凡地獄處治惡鬼的差役，總名都叫做阿旁。這是佛經上的名詞，彷彿現在借留學生為名的，都自稱四百兆主人翁一樣的道理。閒話少講。

卻說那阿旁牽上一個人來，稍長大漢，一臉的橫肉，穿了一件藍布大褂，雄赳赳的牽到案前跪下。上面不知問了幾句什麼話，距離的稍遠，所以聽不見，只遠遠的看見幾個阿旁上來，將這大漢牽下去。距公案約有兩丈多遠，地上釘了一個大木樁，樁上有個大鐵環。阿旁將這大漢的辮子從那鐵環裡穿過去收緊了，把辮子在木樁上纏了有幾十道，拴得鐵結實，也不剝去衣服。

只見兩旁凡拿骨朵錘、狼牙棒的一齊下手亂打，如同雨點一般。看那大漢疼痛的亂蹦。起初幾下子，打得那大漢腳蹦起直豎上去，兩腳朝天，因為辮子拴在木樁上，所以頭離不了地，身子卻四面亂摔，蹦上去，落下來，蹦上去，落下來，幾蹦之後，就蹦不高。落下來的時候，那狼牙棒亂打，看那兩丈圍圓地方，血肉紛紛落，如下血肉的雹子一樣；中間夾著破衣片子，像蝴蝶一樣的飄。皮肉分兩沉重，落得快，衣服片分兩輕，落的慢，看著十分可慘。

老殘座旁那個老者在那裡落淚，低低對老殘說道：「這些人在世上時，我也勸道許多，總不肯信。今日到了這個光景，不要說受苦的人，就是我們旁觀的都受不得。」老殘說：「可不是呢！我直不忍再往下看了。」嘴說不忍望下看，心裡又不放心這個犯人，還要偷著去看看。只見那個人已不大會動了，身上肉都飛盡，只賸

註

※1阿旁：地獄的獄卒。譯自胡語。

了個通紅的骨頭架子；雖不甚動，那手腳還有點一抽一抽的。老殘也低低的對那老者道：「你看，還沒有死透呢，手足還有抽動，是還知道痛呢！」那老者擦著眼淚說道：「陰間哪得會死，遲一刻還要叫他受罪呢！」

再看時，只見阿旁將木樁上辮子解下，將來搬到殿下去，再看殿腳下不知幾時安上了一個油鍋。那油鍋扁扁的形式，有五、六丈圍圓，不過三四尺高，底下一個爐子，倒有一丈一二尺高；火門有四五尺高；三只腳架住鐵鍋，那爐口裡火穿出來比鍋口還要高二、三尺呢。看那鍋裡油滾起來也高出油鍋，同日本的富士山※2一樣，那四邊油往下注如瀑布一般。看著幾個阿旁，將那大漢的骨頭架子抬到火爐面前，用鐵叉叉起來送上去。

南宋金處士《十王圖軸》，下方可見鬼卒正在對犯人用刑。

那火爐旁邊也有幾個阿旁，站在高臺子上，用叉來接，接過去往油鍋裡一送。誰知那骨頭架子到油鍋裡又會亂蹦起來，濺得油點子往鍋外亂灑。那站在鍋旁的幾個阿旁，也怕油點子濺到身上，用一塊似布非布的東西遮住臉面。約有一、二分鐘的工夫，見那人骨架子，隨著沸油上下，漸漸的顏色發白了。見那阿旁朝鍋裡看，彷彿到了時候了，將鐵叉到鍋裡將那人骨架子挑出，往鍋外地上一摔。又見那五神案前有四、五個男男女女在那裡審問，大約是對質的樣子。老殘扭過臉對那老者道：「我實在不忍再往下看了。」

那老者方要答話，只見閻羅天子回面對老殘道：「鐵英，你上來，我同你說話。」老殘慌忙立起，走上前去。見那寶座旁邊，還有兩層階級，就緊在閻羅王的寶座旁邊，才知閻羅王身體甚高，坐在椅子上，老殘立在旁邊，頭才同他的肩膊相齊，似乎還要低點子。那閻羅王低下頭來，同老殘說道：「剛才你看那油鍋的刑法，以為很慘了嗎？那是最輕的了，比那重的多著呢！」老殘道：「我不懂陰曹地府為什麼要用這麼重的刑法，以陛下之權力，難道就不能改輕了嗎？臣該萬死，臣

註

※2富士山：山名。位於日本本州島中南部。高三千七百七十七公尺。

以為就用如此重刑，就該叫世人看一看，也可以少犯一二。卻又陰陽隔絕，未免有點不教而殺的意思吧。」

閻羅王微笑了一笑說：「你的戇直性情倒還沒有變哪！我對你說，陰曹用重刑，有陰曹不得已的苦衷。你想，我們的總理是地藏王菩薩※3。本來發了洪誓大願，要度盡地獄，然後成佛。至今多少年了，毫無成效。以地藏王菩薩的慈悲，難道不想減輕嗎？也是出於無可奈何！我再把陰世重刑的原委告你知道。第一你須知道，人身性上分善惡兩根，都是歷一劫增長幾倍的。若善根發動，一世裡立住了腳，下一世便長幾倍，歷世既多，以至於成就了聖賢仙佛。惡根亦然，歷一世亦長幾倍。可知增長了善根便救世，增長了惡根便害世，可知害世容易救世難。

「譬如一人放火，能燒幾百間屋，一人救火，連一間屋也不能救。又如黃

清代的地藏王菩薩像。

河大汛※4的時候，一個人決堤可以害幾十萬人，一人防堤，可不過保全這幾丈地不決堤，與全局關係甚小。所以陰間刑法，都為炮煉著去他的惡性的。就連這樣重刑，人的惡性還去不盡，初生時很小，一入世途，就一天一天的發達起來。再要刑法加重，於心不忍，然而人心因此江河日下。現在陰曹正在提議這事，目下就有個萬不得了的事情，我說給你聽，先指給你看。」說著，向那前面一指。

只見那毒霧愁雲裡面，彷彿開了一個大圓門似的，一眼看去，有十幾里遠，其間有個大廣廠，廠上都是列的大磨子，排一排二的數不出數目來。那房子大約有三丈多高，磨子下面旁邊堆著無數的人，都是用繩子捆縛得像寒菜把子※5一樣的。磨子上頭站著許多的阿旁，磨子下面也有許多的阿旁，拿一個人往上一摔，房上阿旁

註

※3地藏王菩薩：佛教四大菩薩之一。根據《地藏菩薩本願經》的說法，他原是婆羅門子，曾祈求釋迦牟尼幫他邪惡的母親脫離地獄，自此之後就誓願度盡地獄中一切眾生，才願成佛。亦有一種說法，《地藏菩薩本願經》是由中國人撰寫的，並不是佛陀時代所傳下來的，但對於中國佛教來說，地藏王菩薩仍是菩薩大願的代表。

※4汛：河流江海定期的漲水。

※5寒菜把子：指一把一把捆好的寒梅菜（又稱霉乾菜）。市場賣菜多把青菜綑成一把一把的販賣，於是以一把作爲蔬菜的計算單位。

佛教地獄場景，由19世紀的日本畫家所畫。（圖片來源：The Metropolitan Museum of Art）

雙手接住。如北方瓦匠摔瓦，拿一壯幾十片瓦往上一摔，屋上瓦匠接住，從未錯過一次。此處阿旁也是這樣。磨子上的阿旁接住了人，就頭朝下把人往磨眼裡一填，兩三轉就看不見了，底下的阿旁再摔一個上去。

只見磨子旁邊血肉同醬一樣往下流注，當中一星星白的是骨頭粉子。老殘看著約摸有一分鐘時的工夫，已經四、五個人磨碎了。像這樣的磨子不計其數。心裡想道：「一分鐘磨四、五個人，一刻鐘豈不要磨上百個人嗎？這麼無數的磨子，若詳細算起來，四百兆人也不夠磨幾天的。」心裡這麼想，誰知閻羅王倒已經知道了，說道：「你疑惑一個人只磨一回就完了嗎，磨過之後，風吹還原，再磨第二回。一個人不定磨多少回呢！看他積的罪惡有多少，定磨的次數。」

老殘說：「是犯了何等罪惡，應該受此重刑？」閻羅王道：「只是口過。」老殘大驚，心裡想道：「口過痛癢的事，為什麼要定這樣重的罪呢？」其時閻羅王早將手指收回，面前仍是雲霧遮住，看不見大磨子了。閻羅王又已知道老殘心中所說的話，便道：「你心中以為口過是輕罪嗎？為的人人都這麼想，所以犯罪人多了。若有人把這道理說給人聽，或者世間有點驚懼，我們陰曹少作點難，也是個莫大號功德。」

老殘心裡想道：「倘若我得回陽，我倒願意廣對人說，只是口過為什麼有這麼大的罪，我到底不明白。」閻羅王道：「方才我問你殺、盜、淫這事，不但你不算犯什麼大罪，有些功德就可以抵過去的。即是尋常但凡明白點道理的人，也都不至於犯著這罪。惟這口過，大家都沒有仔細想一想，倘若仔細一想，就知道這罪比什麼罪都大，除卻逆倫，就數他最大了。我先講殺字律。我問你，殺人只能殺一個吧！陽律上還要抵命。即使逃了陽律，陰律上也只照殺一個人的罪定獄。若是口過呢，往往一句話就能把這一個人殺了，甚而至於一句話能斷送一家子的性命。若殺一個人，照一命科罪，若害一家子人，照殺一家子幾口的科罪。

「至於盜字律呢，盜人財帛罪小，盜人名譽罪大，毀人名譽罪更大。毀人名譽的這個罪為甚麼更大呢？因世界上的大劫數，大概都從這裡起的。毀人名譽的人多，這世界就成了皂白不分的世界了。世界既不分皂白，則好人日少，惡人日多，必至把世界釀得人種絕滅而後已。故陰曹恨這一種人最甚，不但磨他幾十百次，還要送他到各種地獄裡去叫他受罪呢！你想這一種人，他斷不肯做一點好事的，他心裡說，人做的好事，他用巧言既可說成壞事，他自己做壞事，也可以用巧言說成好事，所以放肆無忌憚得無惡不作了。這也是口過裡一大宗。

「又如淫字律呢，淫本無甚罪，罪在壞人名節。若以男女交媾※6謂之淫，倘人夫妻之間，日日交媾，也能算得有罪嗎？所以古人下個淫字，也有道理。若當真的漫無節制，雖然無罪，身體即要衰弱了。身體髮膚，受之父母，若任意毀傷，在那不孝裡擔了一分罪去哩。若有節制，便一毫罪都沒有的。若不是自己妻妾，就科損人名節的罪了。要知苟合的事也不甚容易，不比隨意撒謊便當。若隨口造謠言損人名節呢，其罪與壞人名節相等。若聽旁人無稽之言隨便傳

描繪地獄酷刑的木板刻畫。

說，其罪減造謠者一等。可知這樣損人名節，比實做損人名節的事容易得多，故統算一生積聚起來，也就很重的了。

「又有一種圖與女人遊戲，發生無根之議論，使女人不重名節，致有失身等事，雖非此人壞其名節，亦與壞人名節同罪。因其所以失節之因，誤信此人遊談所致故也。若挑唆是非，使人家不和睦，甚至使人抑鬱以死，其罪比殺人加一等。何以故呢？因受人挫折抑鬱以死，其苦比一刀殺死者其受苦猶多也。其他細微曲折之事，非一時間能說得盡的，能照此類推，就容易明白了。你試想一人在世數十年間，積算起來，應該怎樣科罪呢？」

老殘一想，所說實有至理，不覺渾身寒毛都豎起來，心裡想道：「我自己的口過，不知積算起來該怎樣呢？」閻羅王又知道了，說：「口過人人都不免的，但看犯大關節不犯，如不犯以上所說各大關節，言語亦有功德，可以口德相抵。可知口過之罪既如此重，口德之功亦不可思議。如人能廣說與人有益之事，天上酬功之典亦甚隆也。比如《金剛經》說：『若有善男子、善女人，以七寶滿爾所恆河沙數

註

※6交媾：泛指性交、交配。

三千大千世界以用布施，得福多否？須菩提言：甚多，世尊。佛告須菩提：若善男子、善女人，於此經中，乃至受持四句偈等為他人說，而此福德勝前福德。』這是佛經上的話，佛豈肯騙人。要知『受持』※7二字很著力的，言人能自己受持，又向人說，福德之大，至比於無量數之恆河所有之沙的七寶布施還多。以比例法算口過，可知人自身實行惡業，又向人演說，其罪亦比恒河中所有沙之罪過還重。以此推之，你就知道天堂地獄功罪是一樣的算法。若人於儒經、道經受持奉行，為他人說，其福德也是這樣。」老殘點頭會意。

閻羅王回頭向他侍從人說：「你送他到東院去。」老殘隨了此人，下了臺子，往後走出後殿門，再往東行過了兩重院子，到了一處小小一個院落，上面三間屋子。那人引進這屋子的客堂，揭開西間門簾，進內說了兩句話，只見裡面出來一個三十多歲的

描繪佛教天堂須彌山的畫作，繪於18世紀。

人，見面作了個揖說：「請屋裡坐。」那送來的人，便抽身去了。

老殘進屋說：「請教貴姓？」那人說：「姓顧名思義。」顧君讓老殘桌子裡面坐下，他自己卻坐桌子外面靠門的一邊。桌上也是紙墨筆硯，並堆著無窮的公牘※8。他說：「補翁，請寬坐一刻，兄弟手下且把這件公事辦好。」筆不停揮的辦完，交與一個公差去了。卻向老殘道：「一向久仰的很。」老殘連聲謙遜道：「不敢。」顧君道：「今日敝東請閣下吃飯，說公事忙，不克親陪，叫兄弟奉陪，多飲幾杯。」彼此又說了許多客氣話，不必贅述。

老殘問道：「閣下公事忙的很，此處有幾位同事？」顧君道：「五百餘人。」老殘道：「如此其多？」顧君道：「我們是幕友※9，還有外面辦事的書吏一萬多人呢！」老殘道：「公牘如此多，貴東一人問案來得及嗎？」顧君道：「敝東親詢案，千萬中之一二，尋常案件，均歸五神訊辦。」老殘道：「五神也只五人，何以足用？」顧君道：「五神者，五位一班，不知道多少個五位呢，連兄弟也不

註

※7受持：此指受持經典。即受學經典之時，能以恭敬心閱讀，並須時時諷誦、憶念。

※8公牘：指公文。

※9幕友：軍中或官署中，辦理文書及助理的人員。也稱爲「幕賓」。

17世紀西方畫家小揚·布呂赫爾所畫的地獄場景。

知底細，大概也是分著省分的吧。如兄弟所管，就是江南省的事，其管別省事的朋友，沒有會過面的很多呢，即是同管江南省事的，還有不曾識面的呢！」老殘道：「原來如此。」顧君道：「今日吃飯共是四位，三位是投生的，惟有閣下是回府的。請問尊意，在飯後即回去，還是稍微遊玩遊玩呢？」老殘道：「倘若遊玩些時，還回得去嗎？」

顧君道：「不為外物所誘，總回得去的，只要性定，一念動時便回去了。」老殘道：「既是如此，鄙人還要考察一番地府裡的風景，還望閣下保護，勿令遊魂不返，就感激的很了。」顧君道：「只管放心，不妨事的。但是有一事奉告，席間之酒，萬不可飲，至囑至囑。就是街上遊玩去，沽酒市脯※10也斷不可吃呢！」老殘道：「謹記指教。」一少時，外間人來說：「席擺齊了，請師爺示，還請哪幾位？」聽他說了幾個名字，只見一刻人已來齊。顧君讓老殘到外間，見有七、八位，一一作揖相見畢。顧君執壺，一座二座三座俱已讓過，方讓老殘坐了第四座。老殘說：「讓別位吧！」顧君說：「這都是我們同事了。」入座之後，看桌上擺得滿桌都是碟子，青紅紫綠都有，卻認不出是什麼東西。看顧君一逕讓那三位吃酒，用大碗不住價灌，片刻工夫都大醉了。席也散了。

看著顧君吩咐家人將三位扶到東邊那間屋裡去，回頭向老殘道：「閣下可以同進去看看。」原來這間屋內，盡是大床，看著把三人每人扶在一張床上睡下，用一個大被單連頭帶腳都蓋了下去，一面著人在被單外面拍了兩三秒鐘工夫，三個人都沒有了，看人將被單揭起，仍是一張空床。老殘詫異，低聲問道：「這是什麼

註

※10沽酒市脯：集市中買來的酒和肉。脯，乾肉。讀作「府」。

清末的上海商店街，約攝於1901年。（圖片來源：Library of Congress）

刑法？」顧君道：「不是刑法，此三人已經在那裡『呱呱』價啼哭了。」老殘道：「三人投生，斷非一處，何以在這一間屋裡拍著，就會到那裡去呢？」顧君道：「陰陽妙理，非閣下所能知的多著呢！弟有事不能久陪，閣下願意出遊，我著人送去何如？」老殘道：「費心感甚。」顧君吩咐從人送去，只見一人上來答應一聲「是」。老殘作揖告辭，兼說謝謝酒飯。顧君送出堂門說：「恕不送了。」

那家人引著老殘，方下臺階，不知怎樣一恍，就到了一個極大的街市，人煙稠密，車馬往來，擊轂摩肩※11。正要問那引路的人是甚麼地方，誰知那引路的人，也不知道何時去了，四面尋找，竟尋不著。心裡想道：「這可糟了，我此刻豈不成了野鬼了嗎？」然而卻也無法，只好信步閒行。看那市面上，與陽世毫無分別。各店鋪也是懸著各色的招牌，也有金字的、白字的、黑字的；房屋也是高低大小，新舊不齊。只是天色與陽間差別，總覺暗沉沉的。

老殘走了兩條大街，心裡說何不到小巷去看看，又穿了兩三條小巷，信步走去，不覺走到一個巷子裡面。看見一個小戶人家，門口一個少年婦人，在雜貨擔子買東西。老殘尚未留心，只見那婦人抬起頭來，對著老殘看了一看，口中喊道：「你不是鐵二哥哥嗎？你怎樣到這裡來的？」慌忙把買東西的錢付了，說：「二哥哥，請家裡坐吧。」老殘看著十分面熟，只想不起來她是誰來，只好隨她進去，再作道理。畢竟此人是誰，且聽下回分解。

註

※11擊轂摩肩：比喻車馬眾多，人煙稠密。擊轂，車子互相碰撞。摩肩，肩膀互相摩擦。

第九回 德業積成陰世富 善緣發動化身香

話說老殘正在小巷中瞻望，忽見一個少年婦人將他叫住，看來十分面善，只是想不起來，只好隨她進去。原來這家僅有兩間樓房，外面是客廳，裡間便是臥房了。老殘進了客屋，彼此行禮坐下，仔細一看，問道：「你可是石家妹妹不是？」

那婦人道：「是呀！二哥你竟認不得我了！相別本也有了十年，無怪你記不得了。還記當年在揚州，二哥哥來了，上上下下沒有一個人不喜歡。那時我們姐妹們同居的四、五個人，都未出閣。誰知不到五年，嫁的嫁，死

明萬曆年間的揚州府地圖《揚州府城圖說》。

的死，五分七散。回想起來，怎不叫人傷心呢！」說著眼淚就流下來了。

老殘道：「噯！當年石嬸娘見我去，同親姪兒一般待我。」誰知我上北方去了幾年，起初聽說妹妹你出閣了，不到一、二年，又聽你去世了，又一二年，聽說石嬸娘也去世了。回想人在世間，真如做夢一般，一醒之後，夢中光景全不相干，豈不可歎！當初親戚故舊，一個一個的，聽說前後死去，都有許多傷感，現在不知不覺的我也死了，悽悽惶惶的，我也不知道在哪裡去的是好，今日見著妹妹，真如見著至親骨肉一般。不知妹妹現在是同嬸嬸一塊兒住不是？不知妹妹見著我的父親母親沒有？」石姑娘道：「我哪裡能見著伯父伯母呢？我想伯父伯母的為人，想必早已上了天了，豈是我們鬼世界的人所能得見呢！就是我的父母，我也沒有見著，聽說在四川呢，究竟怎樣也不得知，真是悽慘。」

老殘道：「然則妹妹一個人住在這裡嗎？」石姑娘臉一紅說道：「慚愧死人，我現在陰間又嫁了一回了。我現在的丈夫是個小神道※1，只是脾氣非常暴虐，開口

註

※1神道：神祇。

便罵，舉手便打，忍辱萬分，卻也沒一點指望。」說著說著，那淚便點點滴滴的下來。

清末一個村裡的婦女及小孩合照。（圖片來源：Library of Congress）

老殘道：「你何以要嫁的呢？」石姑娘道：「你想我死的時候，才十九歲，幸尚還沒有犯甚麼罪，閻王那裡只過了一堂，就放我自由了。只是我雖然自由，一個少年女人，上哪裡去呢？我婆家的翁姑找不著，我娘家的父母找不著，叫我上哪裡去呢？打聽別人，據說凡生產過兒女的，婆家才有人來接，不曾生產過的，婆家就不算這個人了。若是同丈夫情義好的，丈夫有繫念之情，婆家也有人來接，將來繼配生子，一樣的祭祀，這雖然無後，尚不至於凍餒※2。

「你想我那陽間的丈夫，自己先不成

個人，連他父母聽說也做了野鬼，都得不著他的一點祭祀，況夫妻情義，更如風馬牛不相干了。總之，人凡做了女身，第一須嫁個有德行的人家，不拘怎樣都是享福的。停一會我指給你看，那西山腳下一大房子有幾百間，僕婢如雲，何等快樂，在陽間時不過一個窮秀才，一年掙不上百十吊錢，只為其人好善，又孝順父母，到陰間就這等闊氣。其實還不是大孝呢！

「若大孝的人，早已上天了，我們想看一眼都看不著呢。女人若嫁了沒有德行的人家，就可怕的很。若跟著他家的行為去做，便下了地獄，更苦不可耐，像我已經算不幸之幸了。若在沒德行的人家，自己知道修積，其成就的比有德行人家的成就還要大得多呢。只是當年在陽世時不知這些道理，到了陰間雖然知道，已不中用了。然而今天碰見二哥哥，卻又是萬分慶幸的事。只盼望你回陽後努力修為，倘若你成了道，我也可以脫離苦海了。」

老殘道：「這話奇了。我目下也是個鬼，同你一樣，我如何能還陽呢？即使還

註

※2凍餒：寒冷飢餓。

陽，我又知道怎修積？即使知道修積，僥倖成了道，又與你有甚麼相干呢？」石姑娘道：「一夫得道，九族昇天。我不在你九族內嗎？那時連我爹媽都要見面哩！」老殘道：「我聽說一夫得道，九祖昇天。那有個九族昇天之說嗎？」石姑娘道：「九祖昇天，即是九族昇天。九祖享大福，九族亦蒙少惠，看親戚遠近的分別。但是九族之內，如已下地獄者，不能得益。像我們本來無罪者，一定可以蒙福哩！」

老殘道：「不要說成道是難極的事，就是還陽恐怕也不易罷！」石姑娘道：「我看你一身的生氣，決不是個鬼，一定要還陽的。但是將來上天，莫忘了我苦海中人，幸甚幸甚。」老殘道：「那個自然。只是我現在有許多事要請教於你。鬼住的是什麼地方，人說在墳墓裡，我看這街市同陽間一

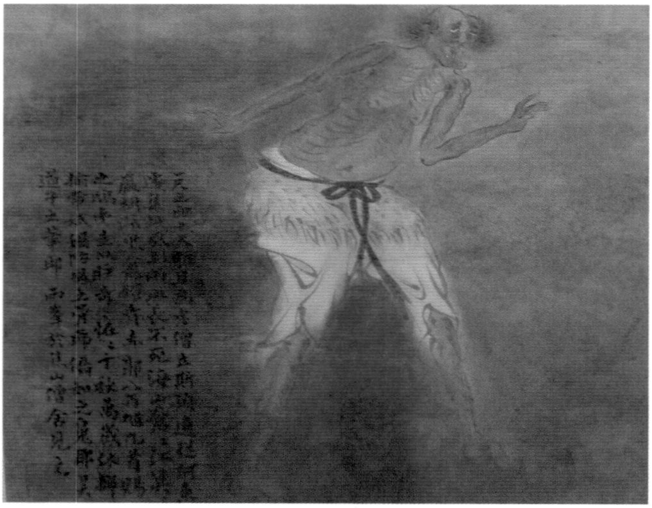

清代畫家羅聘的鬼畫像。

樣，斷不是墳墓可知。」石姑娘道：「你請出來，我說給你聽。」

兩人便出了大門。石姑娘便指那空中彷彿像黃雲似的所在，說道：「你見這上頭了沒有？那就是你們的地皮。這腳下踩的，是我們的地皮。陰陽不同天，更不同地呢！再下一層，是鬼死為聻※3的地方。鬼到人世去會作祟，聻到鬼世來亦會作祟。鬼怕聻，比人怕鬼還要怕得凶呢！」老殘道：「鬼與人既不同地，鬼何以能到人世呢？」石姑娘道：「俗語常言，鬼行地中，如魚行水中；鬼不見地，亦如魚不見水。你此刻即在地中，你見有地嗎？」老殘道：「我只見腳下有地，難道這空中都是地嗎？」石姑娘道：「可不是呢！我且給憑據你看。」便手摻著老殘的手道：「我同你去看你們的地去。」彷彿像把身子往上一攢似的，早已立在空中，原來要東就東，要西就西，頗為有趣。便極力往上遊去。

石姑娘指道：「你看，上邊就是你們的地皮了。你看，有幾個人在那裡化紙呢。」看那人世地皮上人，彷彿站在玻璃板上，看得清清楚楚。只見那上邊有三個人正化紙錢，化過的，便一串一串掛下來了。其下有八九個鬼在那裡搶紙錢。

註

※3聻：鬼死為聻。讀作「季」。

老殘問道：「這是件甚事？」石姑娘道：「這三人化紙，一定是其家死了人，化給死人的。那死人有罪，被鬼差拘了去，得不著，所以都被這些野鬼搶了去了。」老殘道：「我正要請教，這陽間的所化紙錢銀錠子，果有用嗎？」石姑娘說：「自然有用，鬼全靠這個。」老殘道：「我問你，各省風俗不同，銀錢紙錠亦都不同，到底哪一省行的是靠得住的呢？」石姑娘道：「都是一樣，哪一省行甚麼紙錢，哪一省鬼就用甚麼紙錢。」

老殘道：「譬如我們遨遊天下的人，逢時過節祭祖燒紙錢，或用家鄉法子，或用本地法子，有妨礙沒妨礙呢？」石姑娘道：「都無妨礙。譬如揚州人在福建做生

OFFERINGS TO THE DEAD.

正在燒紙錢給亡者的一家人，攝於1892年。

意，得的錢都是爛板洋錢※4，匯到揚州就變成英洋※5，不過稍微折耗而已。北五省用銀子，南京※6、蕪湖※7用本洋，通匯起來還不是一樣嗎？陰世亦復如此，得了別省的錢，換作本省通用的錢，代了去便了。」老殘問道：「祭祀祖、父，能得否？」石姑娘道：「一定能得，但有分別。如子孫祭祀時念及祖、父，雖隔千里萬里，祖、父立刻感應，立刻便來享受。如不當一回事，隨便奉行故事，毫無感情，祖、父在陰間不能知覺，往往被野鬼搶去。所以孔聖人說『祭如在』※8，就是這個原故。聖人能通幽明※9，所以制禮作樂※10，皆是極精微的道理。後人不肯深心體

註

※4爛板洋錢：鏤蓋著凹凸狀鋼戳的錢幣。

※5英洋：即鷹洋。墨西哥銀幣，面有鷹形花紋。清代曾流入中國，通行於市。

※6南京：位在江蘇省西南部。

※7蕪湖：位於安徽省蕪湖縣西南。

※8祭如在：出自《論語・八佾》：「祭如在，祭神如神在。」有後人香火去祭祀，那麼祖先就得以存在，祭拜神明，神明就得以存在。

※9幽明：人與鬼神之間。

※10制禮作樂：周公制禮作樂，以禮約束人的行為，使之不會為非作歹。這個禮，指的是一種典章制度，它不僅僅是一種禮儀規範，更是一種法令制度。樂，是感動人心的一種力量。所以說聖人以禮樂教化萬民。以禮約束人的行為，以樂使人心悅誠服，這便是聖人的教化。

會，就失之愈遠了。」

老殘又問。「陽間有燒房化庫的事，有用沒用呢？」石姑娘說：「有用。但是房子一事，不比銀錢，可以隨處變換。何處化的庫房，即在何處，不能挪移。然有一個法子，也可以行。如化庫時，底下填滿蘆席，莫教他著土，這房子化到陰間，就如船隻一樣，雖千里萬里也牽得去。」老殘點頭道：「頗有至理。」

於是同回到家裡，略坐一刻，可巧石姑娘的丈夫也就歸來。見有男子在房，怒目而視，問石姑娘這是何人？石姑娘大有觳觫※11之狀，語言蹇澀※12。老殘不耐煩，高聲說道：「我姓鐵，名叫鐵補殘，與石姑娘係表姊妹。今日從貴宅門口過，見我表妹在此，我遂入門問訊※13一切。我卻不知陰曹規矩，親戚准許相往來否？如其不許，則冒昧之罪在我，與石姑娘無涉。」

那人聽了，向了老殘仔細看了一會，說：「在下名折禮思，本係元朝人，在陰曹做了小官，於今五百餘年了。原妻限滿，

元人獵雁圖。

轉生山東去了，故又續娶令表妹為妻。不知先生惠顧，失禮甚多。先生大名，陽世雖不甚大，陰間久已如雷震耳。但風聞仙壽尚未滿期，即滿期亦不會閒散如此，究竟是何原故，乞略示一二。」老殘道：「在下亦不知何故，聞係因一個人命牽連案件，被差人拘來。既自見了閻羅天子，卻一句也不曾問到，原案究竟是哪一案，是何地何人何事，與我何干係。全不知道，甚為悶悶。」折禮思笑道：「陰間案件，不比陽世，先生一到，案情早已冰消瓦解，故無庸直詢。但是既蒙惠顧，禮宜備酒饌款待，惟陰間酒食，大不利於生人，故不敢以相敬之意致害尊體。」

老殘道：「初次識荊，亦斷不敢相擾。但既蒙不棄，有一事請教。僕此刻孤魂飄泊，無所依據，不知如何是好？」折禮思道：「閣下不是發願要遊覽陰界嗎？等到閣下遊興衰時，自然就返本還原了，此刻也不便深說。」又道：「舍下太狹隘，我們同到酒樓上熱鬧一霎兒罷！」便約老殘一同出了大門。

老殘問向哪方走，析禮思說：「我引路罷。」就前行拐了幾個彎，走了三、四

註

※11觳觫：讀作「胡素」。因恐懼而顫抖的樣子。

※12蹇澀：此指言語遲滯。

※13問訊：問候。

條大街，行到一處，迎面有條大河，河邊有座酒樓，燈燭輝煌，照耀如同白日。上得樓去，一間一間的雅座，如蜂窩一般。折禮思揀了一個座頭入去，有個酒保送上菜單來。折公選了幾樣小菜，又命取花名冊來。折公取得，遞與老殘說：「閣下最喜招致名花，請看陰世比陽間何如？」老殘接過冊子來驚道：「陰間何以亦有此事？僕未帶錢來，不好相累。」折公道：「些小東道※14，尚做得起，請即挑選可也。」

老殘打開一看，既不是北方的金桂玉蘭，又不是南方的寶寶媛媛，冊上分著省份，寫道某省某縣某某氏，大驚不止，說道：「這不都是良家婦女嗎？何以當著妓女！」折禮思道：「此事言之甚長，陰間本無妓女，係菩薩發大慈悲，所以想出這個法子。陰間的妓女，皆係陽間的命婦，罰充官妓的，卻只入酒樓陪坐，不薦枕席。陰間亦有薦枕席的娼妓，那都是野

清代的一間上海茶館。（圖片來源：Library of Congress）

鬼所為的事了。」老殘問道：「陽間命婦何以要罰充官妓呢？」折禮思道：「因其惡口咒罵所致。凡陽間咒罵人何事者，來生必命自受。如好咒罵人短命早死等，來世必夭折一度，或一歲而死，或兩三歲而死。陽間妓女，本係前生犯罪之人，判令投生妓女，受辱受氣，更受鞭扑等類種種苦楚。將苦楚受盡，也有即身享福的，也有來生享福的，惟罪重者，一生受苦，無有快樂時候。若良家婦女，自己丈夫眠花宿柳，自己不能以賢德感化，令丈夫回心，卻極口咒罵妓女，並咒罵丈夫，在被罵的一邊，卻消了許多罪，減去受苦的年限，如應該受十年苦的，被人咒罵得多，就減作九年或八年不等。而咒罵人的。一面咒罵得多了，陰律應判其來生投生妓女，一度亦受種種苦惱，以消其極口咒罵之罪。惟犯此過的太多，北方尚少，南方幾至無人不犯，故菩薩慈悲，將其犯之輕者，以他別樣口頭功德抵銷。若犯得重者，罰令在陰間充官妓若干年，滿限以後往生他方，總看他咒罵的數目，定他充妓的年限。」

老殘道：「人在陽間挾妓飲酒，甚至眠花宿柳，有罪沒有？」折公道：「不

註

※14東道：本為設宴待客之意，後指請客的主人。

能無罪，但是有可以抵銷之罪耳。如飲酒茹葷，亦不能無罪，此等統謂之有可抵銷之罪，故無大妨礙。」老殘道：「既是陽間挾妓飲酒有罪，何以陰間又可以挾妓飲酒，豈倒反無罪耶？」折公道：「亦有微罪，所以每叫一局，出錢兩千文，此錢即贖罪錢也。」老殘道：「陽間叫局，也須出錢，所出之錢可算贖罪不算呢？」折公道：「也算也不算。何以謂之也算也不算？因出錢者算官罪，可以抵銷。不出錢算私罪，不准抵銷，與調戲良家婦女一樣。所以叫做也算也不算。」

老殘道：「何以陽間出了錢還算可以抵銷之公罪，而陰間出了錢即便抵銷無罪，是何道理呢？」折公道：「陽間叫局，自然是狎褻的意思，陰間叫局則大不然。凡有錢之富鬼，不但好叫局，並且好多叫局。因官妓出局，每出一次局，抵銷輕口咒罵一次。若出局多者，早早抵銷清淨，便可往生他方。所以陰間富翁

廣東一個風月場所門口照片，攝於1929年。（圖片來源：《亞東印畫輯》第4冊）

喜多叫局，讓他早早消罪的意思，係發於慈悲的念頭，故無罪。不但無罪，且還有微功呢。所以有罪無罪，專爭在這發念時也。若陽間為慈悲念上發動的，亦無餘罪也。」老殘點頭歎息。

折公道：「講了半天閒話，你還沒有點人，到底叫誰呀？」老殘隨手指了一名。折公說：「不可不可！至少四名。」老殘無法，又指了三名，折公亦揀了四名，交與酒保去了。不到兩秒鐘工夫，俱已來到。老殘留心看去，個個容貌端麗，亦復畫眉塗粉，豔服濃妝；雖強作歡笑，卻另有一種陰冷之氣，逼人肌膚，寒毛森森欲豎起來。坐了片刻各自散去。

折公付了錢鈔，與老殘出來，說：「我們去訪一個朋友吧。」老殘說：「甚好。」一走了數十步，到了一家，竹籬茅舍，倒也幽雅。折公扣門，出來一個小童開門，讓二人進去。進得大門，一個院落，上面三間敞廳。進得敞廳，覺桌椅條檯，亦復佈置得井井有條；牆上卻無字畫，三面粉壁，一抹光的，只有西面壁上題著幾行大字，字有茶碗口大。老殘走上前去一看，原來是一首七律。寫道：

野火難消寸草心，百年荏苒到如今。

牆根蚯蚓吹殘笛，屋角鴟梟※15弄好音。
有酒有花春寂寂，無風無雨晝沉沉。
閑來曳杖秋郊外，重疊寒雲萬里深。

老殘在牆上讀詩，只聽折禮思問那小童道：「你主人哪裡去了？」小童答道：「今日是他的忌辰，他家曾孫祭奠他呢，他享受去了。」折禮思道：「那麼回來還早呢，我們去吧。」

老殘又隨折公出來，折公問老殘上哪裡去呢，老殘道：「我不知道上哪裡去。」折公凝了一凝神，忽然向老殘身上聞了又聞，說：「我們回去，還到我們舍下坐坐吧。」不到幾時，已到折公家下。方進了門，石姑娘迎接上來，走至老殘面前，用鼻子嗅了兩嗅，眉開眼笑的說：「恭喜二哥哥！」折公道：「我本想同鐵先生再遊兩處的，忽然聞著若有檀香味似的，我知道必是他身上發出來

清代用檀香木做成的神像。（圖片來源：The Metropolitan Museum of Art）

的，仔細一聞果然，所以我說趕緊回家吧。我們要沾好大的光呢！」石姑娘道：「可盼望出好日子來了。」折禮思說：「你看此刻香氣又大得多了。」老殘只是愣，說：「我不懂你們說的甚麼話。」石姑娘說：「二哥哥，你自己聞聞看。」

老殘果然用鼻子嗅了嗅，覺得有股子檀香味，說：「你們燒檀香的嗎？」石姑娘說：「陰間哪有檀香燒！要有檀香，早不在這裡了。這是二哥哥你身上發出來的檀香，必是在陽間結得佛菩薩的善緣，此刻發動，頃刻你就要上西方極樂世界的。我們這裡有你這位佛菩薩來一次，不曉得要受多少福呢！」正在議論，只覺那香味越來得濃了，兩個小樓忽然變成金闕銀臺一般。那折禮思夫婦衣服也變得華麗了，面目也變得光彩得多了，老殘詫異不解何故，正欲詢問。

未知後事如何？且聽下回分解。

註

※15鴟梟：貓頭鷹類的鳥。鴟，讀作「吃」。

外編卷一（老殘遊記殘稿）

堂堂塌，堂堂塌，今日天氣清和，在下唱一個道情※1兒給諸位貴官解悶何如？唱道：

儘風流，老乞翁，托鉢盂，朝市中。
人人笑我真無用。
遠離富貴鑽營苦，閒看乾坤造化工，
與來長嘯山河動。
雖不是，相如病渴，
有些兒，尉遲裝瘋。

在下姓百名鍊生，鴻都人氏。這個「鴻

鄭板橋像，出自《清代學者肖像傳》第一集。

都」，卻不是「南昌故郡，洪都新府」的那個「洪都」，倒是「臨邛道士鴻都客，能以精神致魂魄」※2的那個「鴻都」。究竟屬哪一省哪一府，連我也不知道，大約不過是北京、上海等處便是。少不讀書，長不成器，只好以乞丐為生。非但乞衣乞食，並且遇著高人賢士，乞他幾句言語，我覺得比衣食還要緊些。適才所唱這首道情，原是套的鄭板橋※3先生的腔調，我手中這魚鼓簡板※4也是歷古相傳，聽得老

註

※1道情：一種以唱為主的說唱藝術。用漁鼓和簡板伴奏，原為道士演唱道教故事的曲子，用以宣揚出世思想，有著警醒世俗子弟的功用。宋代後演變為詞牌、曲牌名稱。

※2臨邛道士鴻都客，能以精神致魂魄：出自白居易〈長恨歌〉。這首詩旨在描寫唐玄宗因寵愛楊貴妃導致安史之亂，在玄宗出逃長安時，為了平息眾將士的憤怒，不得已只好處死楊貴妃。貴妃死後，玄宗對她十分思念，後來有個道士自稱能上天入地，替他尋找貴妃的魂魄。「臨邛道士鴻都客，能以精神致魂魄」，這兩句就是這個意思。後來道士尋到了貴妃的魂魄，到了一座蓬萊仙島上，裡面有一個女仙名喚太真，長得很像楊貴妃。貴妃聽說這個道士是受了天子之命前來尋她，便出來相見，道士傳達玄宗思念之情，貴妃則交給他一枝金釵，說若是玄宗的心像金釵這麼堅定的話，那麼無論是天上人間，總有相會之期。

※3鄭板橋：清代鄭燮的號。鄭燮（西元一六九三至一七六五年），字克柔，號板橋，清代江蘇興化人。年少聰穎，悟性極高，讀書往往有獨樹一格的解釋。乾隆時中進士，出任山東范縣、濰縣知縣，有奉公守法的美名。擅長詩、書、畫，著有板橋全集。

※4魚鼓簡板：說唱藝術使用的打擊樂器。魚鼓與簡板的合稱，兩者常同時演出。魚鼓截竹為筒，一端蒙以魚皮，斜於胸前以右手拍之。簡板為二竹片組成，以左手持之與魚鼓相和。也稱為「漁鼓」、「漁鼓簡子」。

年人說道，這是漢朝一個鍾離※5祖師傳下來的。只是這「堂堂塌」三聲，就有規勸世人的意思在內，更沒有甚麼工、尺、上、一、四、合、凡等字。噯！堂堂塌，堂堂塌，你到了堂堂的時候，須要防他塌，他就不塌了，你不防他塌，也就是一定要塌的了。

這回書，因老殘遊歷高麗※6、日本等處，看見一個堂堂箕子遺封，三千年文明國度，不過數十年間，就倒塌到這步田地，能不令人痛哭也麼哥！在下與老殘五十年形影相隨，每逢那萬里飛霜、千山落木的時節，對著這一燈如豆、四壁蟲吟，老殘便說，在下便寫，不知不覺已成了《老殘遊記》六十卷書。其前二十卷，已蒙天津《日日新聞》社主人列入報章，頗蒙海內賢士大夫異常稱許。後四十卷因被老殘隨手包藥，遺失了數卷，久欲補綴出來再為請教，又被這「懶」字一個字耽擱了許多的時候。目下不妨就把今年的事情敘說一番，卻也是俺叫化子的本等。

卻說老殘於乙巳年※7冬月在北京前門外蝶園中住了三個月，這蝶……（編者

青島台東鎮巡捕房明信片，印於1900年。

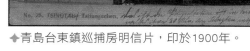

按：這中間遺失稿箋一張，約四百字左右）也安閒無事。

一日正在家中坐著，來了兩位，一個叫東閣子、一個叫西園公，說道：「近日朝廷整頓新政，大有可觀了。滿街都換了巡警兵，到了十二點鐘以後，沒有燈籠就不許走路，並且這些巡警兵都是從巡警學堂裡出來的，人人都有規矩。我這幾天在街上行走，留意看那些巡兵，有站崗的，有巡行的，從沒有一個跑到人家鋪面裡去坐著的。不像以前的巡兵，遇著小戶人家的婦女，還要同人家胡說亂道，人家不依，他還要拿棍子打人家。不是到這家店裡要茶吃，便是到那家要煙吃，坐在板凳上蹺著一隻腳唱二簧調※8、西幫子。這些毛病近來一洗都空了。」

東閣子說道：「不但沒有毛病，並且和氣的很。前日大風，我從百順胡同福順家出來回粉坊琉璃街。剛走到大街上，燈籠被風吹歪了，我沒有知道，哪知燈籠

註

※5鍾離：俗傳八仙之一。姓鍾離，字雲房，唐末京兆咸陽（今屬陝西省）人。相傳與呂洞賓同時，在八仙中居首位，全真道派尊為正陽祖師。

※6高麗：今朝鮮半島。隋唐時稱為「高麗」。

※7乙巳年：根據劉鶚在生的時間推論，可能指西元一八六九年（清代同治八年），或西元一九〇五年（清光緒三十一年）。

※8二簧調：徽劇唱腔的一種。

一歪，蠟燭火就燎到燈籠泡子上，那紙燈籠便呼呼的著起來了。我覺得不好，低頭一看，那燈籠已燒去了半邊，沒法，只好把它扔了。走了幾步，就遇見了一個巡警兵上來，說道：『現在規矩，過了十二點鐘，不點燈籠就不許走路，此刻已有一點多鐘，儜沒有燈籠，可就犯規了。』我對他說：『我本是有燈的，被風吹燒著了，要再換一個，左近又沒有燈籠鋪，況且夜已深了，就有燈籠鋪，已睡覺了，我有甚麼法子呢？』那巡兵道：『儜往哪裡去？』我說：『回粉坊琉璃街去。』巡兵道：『路還遠呢，我不能送儜去。前邊不遠，有東洋車子，我送儜去僱一輛車坐回去罷。』我說：『很好很好。』他便好好價拿手燈照著我，送到東洋車子眼前，看著坐上車，還摘了帽子呵呵腰才去，真正有禮。我中國官人總是橫聲惡氣，從沒有這麼有禮過，我還是頭一遭兒見識呢！」老殘道：「巡警為近來治國第一要務，果能如此，我中國前途大有可望了。」西園公道：「不然。你瞧著罷，不到三個月，這些巡警都要變樣子的。我講一件事給你

清巡警局於光緒年間（1905）創立，圖為光緒皇帝讀書像。

們聽。昨日我到城裡去會一個朋友，聽那朋友說道：『前日晚間，有一個巡警局委員在大街上撒尿，巡警兵看見，前來抓住說：「嘿！大街上不許撒尿，你犯規了。」那委員從從容容的撒完了尿，大聲嚷道：「你不認得我嗎？我是老爺，你怎樣敢來拉我？」那巡兵道：「我不管老爺不老爺，你只要犯規，就得同我到巡警局去。」那委員更怒，罵道：「瞎眼的王八旦！我是巡警局的老爺，你都不知道！」那巡兵道：「大人傳令時候，只說有犯規的便扯了去，沒有說是巡警局老爺就可以犯規。儜無論怎樣，總得同我去。」那委員氣極，舉手便打，那巡警兵亦怒道：「你這位老爺怎麼這們不講理！我是辦的公事，奉公守法的，你怎樣開口便罵，舉手便打？你若再無禮，我手中有棍子，我可就對不起你了。」那委員怒狠狠的道：「好東西，走走走！我到局子裡揍你個王八旦去！」便同到局子裡，便要坐堂打這個巡兵。他同事中有一人上來勸道：「不可！不可！他是蠢人，不認得老兄，原諒他初次罷。」那委員怒不可遏，一定要坐堂打他。內中有一個明白的同事說道：「萬萬不可亂動，此種巡兵在外國倒還應該賞呢。老兄若是打了他或革了他，在京中人看著原是理當的，若被項宮保知道，恐怕老兄這差使就不穩當了。」那委員怒道：「項城※9便怎樣？他難道不怕大軍機麼？我不是沒來歷的人，我怕他做甚麼？」那一個同事道：「老兄是指日飛陞的人，何苦同一小兵嘔氣呢？」那一個明白事的，便出來對那拉委員來的巡警兵道：「你辦事不錯，有人撒尿，理當拉來。以後裁判，便是我們本局的事了。你去罷。」那兵垂著手，併一併腳，直直腰去了。』老兄試想一想，如此等事，京城將來層見迭出，怕那巡警不鬆懈麼？況天水侍郎由下位驟升堂官※10，其患得患失的心必更甚於常人。初疑認真辦事可以討好，所以認真辦事，到後來閱歷漸多，知道認真辦事不但不能討好，還要討不好；倒不如認真逢迎的討好還靠得住些，自然走到認真逢迎的一條路上去了。你們看是不是呢？」

老殘歎道：「此吾中國之所以日弱也！中國有四長，皆甲於全球：廿三行省全在溫帶，是天時第一；山川之孕蓄，田原之腴厚，各省皆然，是地理第一；野人之勤勞耐苦，君子之聰明穎異，是人質第一；文※11、周※12、孔、孟之書，聖祖※13、世宗※14之訓，是政教第一；理應執全球的牛耳※15才是。然而國日以削，民日以困，駸駸※16然

巡捕因動手引起公憤，與市民對峙的照片，攝於1905年的上海。

將至於危者，其故安在？風俗為之也。外國人無論賢愚，總以不犯法為榮，中國人無論賢愚，總以犯法為榮。其實平常人也不敢犯法，所以犯法的，大概只三種人，都是有所倚仗，就犯法了。哪三種人呢？一種倚官犯法；一種倚眾犯法；一種倚

註

※9項城：項城、項宮保可能是指袁世凱，因袁世凱出身河南項城又被稱作袁宮保、袁項城

※10堂官：古代對各衙門長官的稱呼。

※11文：指周文王。

※12周：指周公（生年不詳至西元前一一〇五年），姓姬名旦，周文王的兒子，武王的弟弟。輔佐武王伐紂，封於魯地。武王崩，又輔佐成王攝政，東征平定三叔之亂，滅五十國，奠定東南。周公制禮作樂，教化人心，這套禮樂制度，不僅僅是禮法與音樂，還是能具有約束人行為法令規範。當時並沒有法令，但是大家都很能遵守這套典章制度，因而在周公制定禮樂之後天下大治。傳到春秋以後，這套禮樂制度就崩壞了，人不再遵守禮法，諸侯間有常有違反禮法的行為出現。

※13聖祖：即清聖祖（西元一六五四至一七二二年），康熙皇帝。姓愛新覺羅，名玄燁，清代的第二位皇帝，八歲即位，十四歲正式親政，相繼平定「三藩」，收復臺灣，擊敗準噶爾及噶爾丹；整飭吏治、修治河道。康熙六十一年去世。

※14世宗：清世宗（西元一六七七至一七三五年）康熙帝去世，皇四子雍親王胤禛繼皇帝位，是為雍正帝。在位期間，勤於政事，治法嚴峻，性多猜忌，屢興文字獄。在位十三年。

※15執牛耳：古代諸侯割牛耳歃血為盟，由主盟者執珠盤盛牛耳，故稱盟主為「執牛耳」。後泛指人在某方面居領導地位。

※16駸駸：讀作「親親」。此指日益加深的意思。

無賴犯法。倚官犯法的，並不是做了官就敢犯，他既做了官，必定怕丟官，倒不敢犯法的。是他那些官親或者親信的朋友，以及親信的家丁。這三樣人裡頭，又以官家親信的家丁犯法尤甚，那兩樣稍微差點。你想前日巡警局那個撒尿的委員，不是倚仗著有個大軍機的靠山嗎？這都在倚官犯法部裡。第二種就是倚眾犯法。如當年科歲考的童生※17，鄉試的考生，到了應考的時候，一定要有些人特意犯法的。第二便是今日各學堂的學生，你看那一省學堂裡沒有鬧過事。究竟為了甚麼大事麼？不過覺得他們人勢眾了，可以任意妄為，隨便找個題目暴動暴動，覺得有趣，其實落了單的時候，比老鼠還不中用。第三便是京城堂官宅子裡的轎夫，在外橫行霸道，屢次打戲園子等情，都老爺不敢過問，這都在倚眾犯法部裡。第三種便是倚無賴犯法，地方土棍、衙門口的差役等人，他就仗著屁股結實。今日犯法，捉到官裡去打了板子。明日再犯法，再犯再打，再打再犯，官也無可如何了。這叫做倚無賴犯法。大概天下的壞人無有越過這三種的。」

清代一張鐵嶺劫匪被抓到刑場受刑的照片，約攝於1909年的遼寧。

西園子道：「儜這話我不佩服。倘若說這三種裡有壞人則可，若要說天下壞人沒有越過這三種的，未免太偏了。請教：強盜、鹽梟※18等類也在這三種裡嗎？」老殘道：「自然不在那裡頭。強盜似乎倚無賴犯法，鹽梟似乎倚眾犯法，其實皆不是的。」西園子道：「既是這麼說，難道強盜、鹽梟比這三種人還要好點嗎？」老殘道：「以人品論，是要好點。何以故呢？強盜雖然犯法，大半為飢寒所迫，雖做了強盜，常有怕人的心思，若有人說強盜時，他聽了總要心驚膽怕的，可見天良未昧。若以上三種人犯了法，還要自鳴得意，覺得我做得到，別人做不到。聞說上海南洋公學鬧學之後，有一個學生在名片上居然刻著『南洋公學退學生』，竟當做一條官銜，必以為天下榮譽沒有比這再好的。你想是不是天良喪盡呢？有一日，我在張家花園吃茶，聽見隔座一個人對他朋友說：『去年某學堂奴才提調不好，被我罵了一頓，退學去了。今年又在某處監督，被我罵了一頓。這些奴才好不好，都是要罵的，常罵幾回，這些監督、教習等人就知道他們做奴才的應該怎樣做法呢。可恨

註

※17童生：明清兩代報名參加科舉考試的讀書人，在未考取秀才前皆稱童生。

※18鹽梟：以販賣私鹽為業的人。

我那次要眾人退學，眾人不肯。這些人都是奴性，所以我不願與之同居，我竟一人退學了。』」

老殘對西園子道：「儜聽一聽這種議論，尚有一分廉恥嗎？我所以說強盜人品還在他們之上，其要緊的關鍵，就在一個以犯法為非，一個以犯法為得意。以犯法為非，尚可救藥；以犯法為得意，便不可救了。我再加一個譬語，讓儜容易明白。女子以從一而終為貴，若經過兩三個丈夫，人都瞧不起他，這是一定的道理罷？」西園子道：「那個自然。」老殘道：「閣下的如夫人，我知道是某某小班子裡的，閣下費了二千金討出來的。他在班子裡時很紅，計算他從十五歲打頭客起，至十九歲年底出來，四、五年間所經過的男人，恐怕不止一百罷？」西園子道：「那個自然。」老殘道：「閣下何以還肯要他呢？譬如有某甲之妻，隨意與別家男子一住兩三宿，並愛招別家男子來家隨意居住，常常罵本夫某甲不知做奴才的規矩，倘若此人願意攜帶二千金來嫁閣下，閣下要不要呢？」西園子道：「自然不要。不但我不要，恐怕天下也沒人敢要。」老

民初一張藝伎照片，約攝於1927年。（圖片來源：《亞細亞大觀》第4冊）

殘道：「然則閣下早已知道有心犯法的人品，實在不及那不得已而後犯法的多矣。婦人以失節為重，妓女失節，人猶娶之，為其失節出於不得已也。某甲之妻失節，人不敢要，為其以能失節為榮也。強盜、鹽梟之犯法，皆出於飢寒所迫，若有賢長官，皆可化為良民，故人品實出於前三種有心犯法者之上。二公以為何如？」東閣、西園同聲說是。

東閣子道：「可是近日補哥出去遊玩了沒有？」老殘道：「沒有地方去呢。閣下是熟讀《北里志》※19、《南部煙花記》※20這兩部書，近來是進步呢，是退化呢？」東閣子道：「大有進步。此時衛生局已開了捐※21，分頭二三等，南北小班子俱是頭等。自從上捐之後，各家都明目張膽的掛起燈籠來。頭等上寫著某某清吟小班，二等的寫某某茶室，三等的寫三等某某下處。那二三等是何景象，我卻不曉得，那頭等卻是清爽得多了。以前混混子隨便可以占據屋子坐著不走，他來時回他沒有屋子，還是不依，往往的把好客央告得讓出屋子來給他們。此時雖然照舊坐了

註

※19《北里志》：唐孫棨所著。描述唐代長安文士與歌妓的故事。

※20《南部煙花記》：唐代顏師古撰。

※21捐：指捐官。繳納錢財以求取官職。清代三品以下的官，可以透過捐官來取得官位。

屋子儘是不走，若來的時候回他沒屋子，他卻不敢發膘※22了。今日清閒無事，何妨出去溜達溜達。」老殘說：「好啊！自從庚子※23之後，北地胭脂我竟未曾寓目，也是缺點，今日同行甚佳。」說著便站起身來，同出了大門，過大街，行不多遠，就到石頭胡同口了。

進了石頭胡同，望北慢慢地走著，剛到穿心店口，只見對面來了一掛車子，車裡坐了一個美人，眉目如畫，面上的光彩頗覺動人。老殘向東閣子道：「這個人就不錯，儜知道他叫甚麼？」東閣子說：「很面熟，只是叫不出名字來。」看著那車子已進穿心店去，三人不知不覺的也就隨著車子進了穿心店。東閣子嚷道：「車子裡坐的是誰？」那美人答道：「是我。你不是小明子麼？怎麼連我也看不出來哪？」東閣子道：「我還是不明白，請你報一報名罷。」車中美人道：「我叫小蓉。」東閣子道：「你在誰家？」小蓉道：「榮泉班。」說著，那車子走得快，人走得慢，已漸漸相離得遠了。

清畫家錢慧安繪製的《紅樓夢》場景。

看官，你道這小蓉為甚麼管東閣子叫小明子呢？豈不輕慢得很嗎？其實不然，因為這北京是天子腳下，富貴的大半是旗人※24。那旗人的性情，最惡嫌人稱某老爺的，所以這些班子裡揣摩風氣，凡人進來，請問貴姓後，立刻就要請問行幾※25的。初次見面，可以稱某大爺，某二爺，漢人稱姓，旗人稱名。你看《紅樓夢》※26上，薛蟠是漢軍，稱薛大爺，賈璉、賈環就稱璉二爺、環三爺了，就是這個體例。在《紅樓夢》的時候，璉二爺始終稱璉二爺，環三爺始終稱環三爺。北京風俗，初見一二面時稱璉二爺、環三爺，若到第三面時，再稱璉二爺、環三爺，客人就要發膘鬧脾氣，送官※27、封門※28等類的辭頭汩汩的冒出口來的，必定要先稱他二爺、三

註

※22發膘：即發標。蠻不講理的發脾氣。

※23指的是清光緒二十六年（西元一九〇〇年）的庚子事件，義和團起事，仇殺外人，引起英、俄、法、德、美、日、義、奧八國共組聯軍，攻陷北京的事情。

※24旗人：滿洲人的統稱。

※25行幾：家中排行。

※26《紅樓夢》：清代著名的章回小說，共一二〇回。內容描寫一個世家大族賈氏的興衰，以敘寫賈寶玉、林黛玉、薛寶釵及其他戚屬侍婢的悲歡生死為輔，為近代小說的傑作。

※27送官：送往官府，追究法辦。

※28封門：官署封閉其門戶。

爺才罷。此之謂普通親熱。若特別的親熱呢，便應該叫小璉子、小環子。漢人呢，姓張的、姓李的，由張二爺、李三爺漸漸的熬到小張子、小李子為度。這個道理不但北方如此，南方自然以蘇、杭為文物聲明之地，蘇、杭人鬍子白了，聽人叫他一聲「度少牙」，還喜歡的了不得呢。可見這是南北的同情了。東閣子人本俊利，加之他的朋友都是漂亮不過的人，或當著極紅的烏布；或是大學堂的學生；或是庚子年的道員，方引見去到省；或是匯兌莊的大老板。因為有這班朋友，所以各班子見了他，無不恭敬親熱，也無人不認識他，才修出這「小明子」三個字的徽號，在旁人看著，比得頭等寶星※29還榮耀些呢。

閒話少講，卻說三人慢慢地走到了榮泉班門口，隨步進去。只聽門房裡的人「嗥」的叫了一聲，也不知他叫的是甚麼。老殘便問，東閣子答道：「他是喊的『瞧廳』兩個字，原是叫裡面人招呼屋子的意思。」三人進

正在演奏的女藝者的照片，攝於1919年。
（圖片來源：Library of Congress）

了大門，過了一道板壁腰門，上了穿堂的臺階，已見有個人把穿堂東邊的房門簾子打起，口稱：「請老爺們這裡屈坐屈坐。」三人進房坐下，看牆上口口，知是素雲的屋子。那伙計還在門口立著，東閣子道：「都叫來見見！」那伙計便大聲嚷道：「都見見咧！都見見咧！」只見一個個花丟丟、粉郁郁的，都來走到屋門口一站，伙計便在旁邊報名。報名後立一秒鐘的時候，翩若驚鴻，婉若游龍的去了。一共來了六七個人，雖無甚美的，卻也無甚醜的。伙計報道：「都來齊了。」東閣子道：「知道了，我們坐一坐。」老殘詫異，問道：「為何不見小蓉？」東閣子道：「紅腳色例不見客，少停自會來的。」約有五六分鐘工夫，只見房門簾子開處，有個美人進來，不方不圓的個臉兒，打著長長的前劉海，是上海的時裝，穿了一件竹青摹本緞的皮襖，模樣也無甚出眾處，只是一雙眼睛透出個伶俐的樣子來。進門便笑，向東閣子道：「小明子呀，你怎麼連我也不認得了呀！你怎麼好幾個月不來，公事很忙嗎？」東閣子道：「我在街上，你在車子裡一幌……（編者按：下缺）

全書完

註

※29寶星：嵌有珍寶的勛章。清光緒七年，始定寶星的制度，計分五等。頭二三等每等又分三級。

參考書目

古籍注疏：

1. 李劉鶚原著、陸衣言編校《老殘遊記》（上海：上海文明書局，一九二六年八月出版）
2. 劉鶚原著、田素蘭校注《老殘遊記》（台北：三民書局，二〇二〇年十月三版一刷）
3. 劉鶚，《老殘遊記》（台南：世一文化事業股份有限公司，二〇二〇年十一月二版）
4. 王邦雄，《莊子內七篇・外秋水・雜天下的現代解讀》（台北：遠流出版社，二〇一三年五月）

電子工具書：

1.《教育部重編國語辭典修訂本》

https：//dict.revised.moe.edu.tw/

2.《教育部異體字字典》

https：//dict.variants.moe.edu.tw/variants/rbt/home.do

3.教育部《成語典》2020【基礎版】

https：//dict.idioms.moe.edu.tw/search.jsp?la=0

4.《佛光大辭典》

https：//www.fgs.org.tw/fgs_book/fgs_drser.aspx

國家圖書館出版品預行編目資料

老殘遊記. 三. 續集外編/ 劉鶚原著 ; 曾珮琦編註. -- 初版. -- 臺中市 ：好讀, 2024.06

面； 公分. --（圖說經典 ; 50）

ISBN 978-986-178-724-4（平裝）

857.44 113007368

好讀出版

圖說經典 50

老殘遊記三

【續集外編】

原　　著／劉鶚
編　　註／曾珮琦
總 編 輯／鄧茵茵
文字編輯／莊銘桓
封面設計／澤謙工作室
發 行 所／好讀出版有限公司
台中市407西屯區工業30路1號
台中市407西屯區大有街13號（編輯部） TEL：04-23157795
好讀出版部落格 http：//howdo.morningstar.com.tw
好讀出版粉絲團 http：//www.facebook.com/howdobooks
（如對本書編輯或內容有疑問，請來電或上粉絲團告訴我們）
法律顧問 陳思成律師

填寫線上讀者回函
獲得書訊與優惠卷

讀者服務專線／TEL：02-23672044 / 04-23595819#212
讀者傳真專線／FAX：02-23635741 / 04-23595493
讀者專用信箱／E-mail：service@morningstar.com.tw
網路書店／http ： //www.morningstar.com.tw
郵政劃撥／15060393（知己圖書股份有限公司）
印刷／上好印刷股份有限公司
如有破損或裝訂錯誤，請寄回知己圖書更換

初版／西元2024年06月15日
定價：330元

Published by How-Do Publishing Co., Ltd.
2024 Printed in Taiwan

ISBN 978-986-178-724-4